D0618544

FLORES Y LÁGRIMAS
LOUISE FULLER

◈ HARLEQUIN™

Editado por Harlequin Ibérica.
Una división de HarperCollins Ibérica, S.A.
Núñez de Balboa, 56
28001 Madrid

© 2016 Louise Fuller
© 2017 Harlequin Ibérica, una división de HarperCollins Ibérica, S.A.
Flores y lágrimas, n.º 2542 - 3.5.17
Título original: A Deal Sealed by Passion
Publicada originalmente por Mills & Boon®, Ltd., Londres.

I.S.B.N.: 978-84-687-9538-6
Depósito legal: M-5838-2017
Impresión en CPI (Barcelona)
Fecha impresion para Argentina: 30.10.17
Distribuidor exclusivo para España: LOGISTA
Distribuidores para México: CODIPLYRSA y Despacho Flores
Distribuidores para Argentina: Interior, DGP, S.A. Alvarado 2118.
Cap. Fed./Buenos Aires y Gran Buenos Aires, VACCARO HNOS.

Capítulo 1

MASSIMO Sforza miró en silencio los números iluminados de su reloj en el oscuro dormitorio de la suite del hotel. Ya casi era la hora. Contuvo el aliento y esperó hasta que escuchó un discreto pero audible «bip». Dejó escapar el aire lentamente. Medianoche.

Sus morenas y delgadas facciones se tensaron. Dirigió una mirada desinteresada hacia las mujeres desnudas, una tumbada encima de él y la otra en la enorme cama matrimonial. Eran bellas y seductoras y trató de recordar sus nombres. Pero no importaba. No volvería a ver nunca a ninguna de ellas. Las mujeres tenían tendencia a confundir intimidad con compromiso, pero a él le gustaba la variedad.

La morena se movió dormida y le puso las manos en el pecho. Massimo sintió una punzada de irritación y le apartó las extremidades del torso antes de levantarse de la cama.

Se puso de pie con la respiración controlada y empezó a abrirse camino entre los zapatos y las medias que había tirados sobre la alfombra gris pálido. Se fijó en que frente a la ventana panorámica que donminaba la habitación había una botella de champán medio vacía y se inclinó para agarrarla.

—Feliz cumpleaños, Massimo –murmuró llevándosela a los labios para darle un sorbo.

Compuso una mueca de disgusto. Estaba amargo. Como su humor. Torció el gesto y miró hacia la calle. Odiaba los cumpleaños. Particularmente el suyo. Todos aquellos sentimientos falsos y las celebraciones artificiales.

Una firma en un contrato. Eso sí era una razón para celebrar. Sonrió con tristeza. Por ejemplo, la última adquisición a su cada vez más expandida cartera: un edificio de seis plantas de los años treinta construido en el exclusivo distrito de Parioli, en Roma. Había escogido entre cinco propiedades, dos en la zona más deseada, la Via dei Monti. Le brillaron los ojos. Podría haberlos comprado todos, todavía podría hacerlo. Pero el que había escogido finalmente ni siquiera estaba a la venta.

Y por eso tenía que tenerlo.

Sonrió con tirantez. Los dueños se habían negado a vender. Pero su negativa había incentivado la decisión de Massimo de ganar. Y al final siempre ganaba. Y eso le recordó que tenía que solucionar los últimos flecos del proyecto de Cerdeña. Frunció el ceño. Ya era hora de que lo hiciera. La paciencia era una virtud, pero ya había esperado bastante.

Una de las mujeres gimió suavemente detrás de él y Massimo sintió un estremecimiento de deseo en la piel. Además, en aquel momento estaba más interesado en el vicio que en la virtud.

Miró hacia el cielo. Estaba casi amaneciendo. La reunión del proyecto estaba programada para aquella mañana. No tenía pensado asistir, pero ¿qué mejor regalo de cumpleaños que escuchar de primera mano que el último obstáculo había desaparecido? Por fin podría empezar los trabajos en su mayor y más prestigioso resort.

Entornó la mirada cuando la rubia levantó la cabeza y le sonrió coqueta. Luego vio a la morena estirarse con indolencia y decidió acercarse de nuevo a la cama.

Cincuenta y un minutos exactos más tarde entraba en la sede de Sforza en Roma vestido con un impecable traje de chaqueta azul marino.

–¡Señor Sforza! –exclamó sorprendida Carmelina, la recepcionista–. No esperaba verle. Pensé que hoy era...

–¿Mi cumpleaños? –Massimo se rio–. Así es. Pero no tengo pensado quedarme mucho rato aquí. Solo quería pasar a la sala de juntas antes de ir a comer a La Pergola.

Se detuvo un instante frente a la puerta de la sala de juntas y la abrió. La gente que estaba alrededor de la mesa empujó las sillas para ponerse de pie al instante.

–Señor Sforza –Salvatore Abruzzi, el jefe de contabilidad de la empresa, dio un paso adelante y sonrió nervioso–. No contábamos con usted. Por favor, siéntese... y muchas felicidades.

Las demás personas que estaban en la mesa también le felicitaron con murmullos.

Massimo tomó asiento y miró a su alrededor.

–Gracias, pero si queréis darme de verdad algo que celebrar decidme cuándo vamos a empezar a trabajar en Cerdeña.

Se hizo un silencio tenso.

Fue Giorgio Caselli, el responsable dc asuntos legales y lo más parecido que Massimo tenía a un amigo, quien se aclaró la garganta y miró a su jefe a los ojos.

–Lo siento, señor Sforza. Pero me temo que no podemos darle esa información de momento.

Durante un instante pareció como si la sala se hubiera quedado sin aire. Luego Massimo se giró y miró al abogado sin apartar la vista.

–Entiendo –hizo una pausa–. O, mejor dicho, no lo entiendo –deslizó la mirada hacia los demás–. Tal vez alguien quiera explicármelo. Creí haber entendido que se había logrado un acuerdo entre todas las partes.

Se hizo otro silencio tenso y luego Caselli levantó la mano.

–Eso fue lo que pensábamos, señor Sforza. Pero la inquilina del *Palazzo della Fazia* se sigue negando a aceptar ninguna oferta razonable. Y como usted bien sabe, tiene derecho legal a quedarse en la propiedad según los términos del testamento de Bassani.

Caselli hizo una pausa para dar unos golpecitos sonoros en la caja con documentos que tenía delante.

–La señorita Golding ha dejado muy clara su postura. Se niega a dejar el *palazzo*. Y sinceramente, señor, no creo que cambie de opinión a corto plazo –suspiró–. Sé que no quiere escuchar esto, pero me temo que vamos a tener que pensar en alcanzar algún tipo de compromiso.

Massimo alzó la cabeza con expresión repentinamente fiera. Sus ojos parecían de tinta azul oscuro.

–No –afirmó con decisión–. Yo no alcanzo compromisos ni concilio. Jamás.

Los ojos de las personas que rodeaban la mesa lo miraron con una mezcla de miedo y admiración.

–Lo hemos intentado todo, señor Sforza –era Silvana Lisi, la responsable de adquisiciones–. Pero ella no contesta nuestras cartas ni quiere saber nada de nosotros. Se niega incluso a recibirnos en persona. Al parecer, es una persona bastante violenta. Creo que amenazó con disparar a Vittorio la última vez que fue a verla al *palazzo*.

Massimo la miró fijamente.

–No creo que una anciana pueda ser muy violenta –frunció el ceño.

Abruzzi sacudió la cabeza. Tenía el rostro pálido por los nervios.

–Lo siento, señor Sforza, creo que no está usted bien informado. La señorita Golding no es una persona mayor. Cuando compramos la propiedad era una anciana quien vivía en el *palazzo,* pero era una amiga de Bassani, no la inquilina, y se marchó hace más de un año.

Massimo se inclinó hacia delante.

–Yo soy el dueño del *palazzo.* La propiedad y las tierras que la rodean me pertenecen. Hemos aprobado la primera fase del proyecto hace casi seis meses y todavía no hemos empezado. Quiero una explicación.

El abogado sacó rápidamente unos papeles de la carpeta que tenía delante.

–Aparte de la señorita Golding, todo lo demás está en regla. Tenemos una reunión pendiente con la agencia medioambiental, pero es una mera formalidad. Luego otra dentro de dos meses con el consejo regional y ahí se acaba –se aclaró la garganta–. Sé que tenemos permiso para reformar y ampliar, pero podríamos simplemente modificar los planes y construir un *palazzo* nuevo en algún lugar de la propiedad. No nos costará trabajo que se apruebe y eso significaría saltarnos por completo a la señorita Golding...

Massimo se lo quedó mirando con sus fríos ojos azules. La temperatura de la sala cayó de pronto varios grados.

–¿Quieres que cambie los planes ahora? ¿Modificar un proyecto en el que hemos trabajado durante más de dos años por culpa de una inquilina pesada? No. Ni hablar –sacudió la cabeza y miró enfadado a su alrededor–. Y bien, ¿quién es exactamente esa misteriosa señorita Golding?

Caselli suspiró, agarró una pila de carpetas que tenía delante y sacó una fina.

–Se llama Flora Golding. Es inglesa. Veintisiete años. Se ha movido mucho, así que no tenemos muchos detalles, pero vivió con Bassani hasta su muerte. Al parecer, era su musa –el abogado miró a su jefe y sonrió con tirantez–. Una de ellas, al menos. Todo está en el informe. Y también hay fotos. Se tomaron durante la inauguración del ala Bassani de la galería Doria Pamphili. Fue su última aparición pública.

Massimo no dio señales de haber escuchado ni una palabra de la explicación. Tenía la vista clavada en las fotos que tenía en la mano. Miraba sobre todo a Flora Golding. Estaba agarrada del brazo de un hombre al que reconoció como el artista Umberto Bassani, y parecía tener mucho menos de veintisiete años.

Y también parecía estar desnuda.

De pronto se sintió mareado. Apartó la mirada, aspiró con fuerza el aire y sintió que le ardían las mejillas al ver que llevaba puesto una especie de vestido de seda de un tono más pálido que su piel. Se fijó en las suaves curvas de sus senos y del trasero bajo el vestido ajustado y sintió una punzada de deseo en la boca del estómago.

Desde luego no se trataba de ninguna dama anciana.

Observó su rostro en silencio. Tenía una mirada de gata y el pelo castaño claro y algo revuelto, pero se trataba sin duda de una belleza. Poco ortodoxa, pero una belleza. Eso no podía negarse.

Massimo apretó las mandíbulas mientras observaba detenidamente la foto. Bella y ambiciosa. ¿Por qué otra razón estaría una mujer como ella con un hombre que le doblaba la edad? De pronto notó un sabor amargo en la boca. Tal vez interpretara bien su papel colgándose del brazo de su amante y mirándole con convincente adoración, pero él sabía por experiencia personal que las apariencias podían resultar engañosas. Y peor todavía, podían ser destructivas.

Sintió una chispa de rabia mientras observaba aquellos increíbles ojos leonados. Sin duda bajo la suavidad de su expresión se ocultaba una voluntad de hierro. Y seguro que también tenía un hueco en la parte donde iba el corazón.

Se le endureció el rostro. Aquella chica debía de tener algo así si había estado dispuesta a liarse con un moribundo. Y a convencerle incluso para que la dejara quedarse en su casa. Sintió una repentina náusea. No debería sorprenderle tanto su comportamiento. Después de todo, él sabía mejor que nadie lo bajo que podía caer una mujer de ese tipo a cambio de una parte del botín.

O de una nota a pie de página en un testamento.

Cerró la carpeta de golpe. Al menos, Bassani no tenía hijos. Por muy poderosa que hubiera sido la maligna influencia de la señorita Golding sobre el anciano, ya había terminado. Pronto pondría fin a su protesta para quedarse con el *palazzo* y la dejaría sin hogar y sin nada.

Massimo alzó la mirada y observó los rostros de los hombres y mujeres sentados alrededor de la mesa. Finalmente dijo en tono casi amable:

—Tal vez tengáis razón. Tal vez tengamos que buscar una nueva forma de acercarnos a la señorita Golding. Y en esta empresa contamos con alguien que está más que capacitado para convencer a la señorita Golding de que nuestro modo de hacer las cosas es la única manera.

Giorgio frunció el ceño.

–¿Ah, sí? ¿Y de quién se trata?

Massimo le miró fijamente con expresión calmada.

–De mí.

Se hizo un silencio asombrado y luego Giorgio se inclinó hacia delante con la frente arrugada.

–Como su abogado debo aconsejarle firmemente en contra de semejante acción. Lo mejor sería buscar un intermediario. No llevará mucho tiempo, pero sería mejor esperar que... –dejó de hablar al ver que su jefe sacudía lentamente la cabeza.

–Ya he esperado demasiado. Y sabes que odio esperar.

–Entiendo lo que dice, señor, pero insisto en que no me parece buena ida. Podría pasar cualquier cosa.

Massimo sintió una punzada de deseo. Sí, podría pasar cualquier cosa. Deslizó la mirada por las fotos de Flora y se sintió irremediablemente atraído por la belleza de su cuerpo y el desafío de su mirada. Sería apasionada al principio, tierna después, y aquellos ojos color de miel se derretirían mientras se apretaba salvajemente contra él...

Dejó a un lado la seductora imagen de Flora desnuda y excitada, sonrió y la tensión de la mesa se evaporó como una neblina matinal.

–No te preocupes, Giorgio. Me aseguraré de llevar chaleco antibalas –afirmó.

Su abogado sonrió y apoyó la espalda contra la silla.

–Bien. Pero yo también estaré presente en el encuentro para asegurarme de que no diga ni haga algo de lo que se pueda arrepentir –sacudió la cabeza en un gesto de frustración–. Pensé que un día como hoy tendría algo mejor que hacer que estar aquí.

Massimo apartó la silla y se puso de pie despacio.

–Así es. Tengo una comida de cumpleaños esperándome en La Pergola –los ojos le brillaron bajo las oscuras cejas–. Vamos a reprogramarlo para esta noche. Así la señorita Golding tendrá tiempo más que suficiente para firmar. Y ahora tú y yo tenemos que subirnos a un helicóptero.

Massimo cerró dos horas más tarde el ordenador portátil con un clic decisivo. El informe sobre Flora Golding le había resultado una lectura entretenida, pero no suponía ningún desafío para él. Según su experiencia, las mujeres jóvenes, guapas y ambiciosas solo necesitaban un empujoncito para terminar tan mal como se merecían.

Se apoyó contra el asiento y se quedó mirando el mar Tirreno a través de la ventanilla de su helicóptero privado. Lejos de la costa, el agua brillaba azul como una joya, y en a la distancia se veían las olas rompiendo contra la isla.

Se giró cuando el piloto se inclinó hacia delante.

–Un paisaje precioso, ¿verdad, señor? –gritó por encima del ruido del motor del helicóptero.

Massimo se encogió de hombros.

–Supongo que sí –consultó el reloj y luego miró hacia el abogado, que estaba sentado a su lado con los ojos firmemente cerrados y la cara empapada en sudor–. Abre los ojos, Giorgio. Te estás perdiendo el paisaje –bromeó–. No entiendo por qué has insistido en acompañarme si odias volar. ¿Cuánto falta para aterrizar? –le preguntó al piloto.

–Diez minutos, señor –el piloto señaló por la ventanilla–. Ese es el *Palazzo della Fazia*. Si le parece bien, creo que aterrizaré el helicóptero allí abajo –señaló hacia una zona ancha de terreno llano.

Massimo asintió, pero tenía los ojos clavados en el edificio color miel que estaba delante de él. El helicóptero tocó tierra suavemente y cuando los motores se detuvieron saltó a la hierba sin apartar la vista del *palazzo*. Poseía muchas propiedades impresionantes, pero contuvo el aliento al ver el estuco dorado brillando bajo el vívido azul del cielo. Estaba hipnotizado no solo por su grandeza, sino también por su serenidad, como si la construcción hubiera brotado de la tierra.

–Gracias a Dios que ya ha terminado.

Massimo se giró rápidamente cuando Giorgio apareció a su lado pálido y limpiándose el sudor con un pañuelo.

–Tienes una cara terrible –frunció el ceño–. Mira, ¿por qué no esperas aquí? No creo que ayude a cerrar el trato que te pongas a vomitar por el suelo.

Giorgio abrió la boca para objetar algo, pero cuando vio la expresión de su jefe volvió a cerrarla.

–No te preocupes –Massimo sonrió–. No tardaré mucho.

La entrada necesitaba sin duda algunos cuidados, pensó con espíritu crítico mientras metía el pie en un agujero. Visto de cerca, quedaba claro que el *palazzo* había conocido días mejores. Había partes del estuco caídas y se asomaban malas hierbas a través de los agujeros del enlucido como si fueran las pelotillas de un jersey viejo. Y, sin embargo, seguía habiendo algo mágico en su descolorido glamour.

Massimo torció el gesto, irritado por aquel repentino y poco familiar descenso al sentimentalismo. No había nada mágico en los ladrillos y el enlucido. Sobre todo cuando estaban reducidos a escombros. Y en cuanto la señorita Flora Golding firmara la renuncia a sus derechos de alquiler, eso era exactamente lo que iba a suceder.

Entornó la mirada, subió los escalones de la entrada principal y tiró con fuerza de la cuerda de la campana. Dio unos golpecitos impacientes contra los ladrillos, frunció el ceño y luego volvió a tirar de la cuerda. No se escuchó nada dentro y contuvo una punzada de irritación.

¡Maldita fuera! ¿Cómo se atrevía a hacerle esperar así? Levantó la cabeza y miró hacia la primera fila de ventanas esperando ver una cara, unos ojos maliciosos. Pero no había ninguna cara, y por primera vez se dio cuenta de que las ventanas, todas las ventanas, estaban cerradas. Apretó los dientes y estiró la espalda. El mensaje no podía ser más claro: La señorita Golding no estaba disponible para las visitas. Nunca.

Sintió que le iba a explotar la cabeza de rabia. Se giró, bajó los escalones y caminó a buen ritmo por un sendero desarreglado que había al lado del *palazzo*. Los zapatos le crujían de manera explosiva sobre la gravilla. Cada ventana cerrada parecía burlarse de él a su paso, y cada pisada aumentaba su rabia. Al llegar al final del camino encontró una puerta con el pasador roto y con lo que parecía ser una media femenina atada para mantenerla cerrada. Massimo tiró de ella con los dedos.

Pasó por delante de una pila de ladrillos y rejas de hierro oxidadas y se estremeció de placer al cruzar un arco de piedra y entrar en un jardín vallado. En contraste con la fachada del edificio, todas las persianas y las ventanas de atrás estaban abiertas, y al girarse hacia el *palazzo* se dio cuenta de que había un vaso de agua medio lleno y los restos de una manzana sobre una mesa de mármol. Así que ella estaba allí. Pero ¿dónde exactamente?

Parpadeó para protegerse de la luz del sol y se puso tenso al recibir respuesta. Había una mujer cantando en algún punto del jardín.

Massimo se agachó para pasar en silencio bajo un arco rodeado de rosas y descubrió un cerco de hojas sobre un estanque ornamental rodeado de una colección de ninfas de mármol.

Entonces se quedó sin respiración al ver cómo al otro lado del jardín una de las ninfas extendía el brazo para tocar un grupo de adelfas rosas.

Observó con la boca seca cómo la mujer se inclinaba y daba vueltas en silencio. Con la luz del sol brillando sobre su cuerpo húmedo parecía una diosa recién salida de su baño natural. Su belleza resultaba luminosa y resplandeciente. A su lado, las exquisitas ninfas de mármol parecían sosas.

Los ojos de Massimo siguieron la suave curva de su columna vertebral hasta llegar al firme y redondo trasero. Observó hipnotizado cómo levantaba los brazos y, estirándose lánguidamente, empezaba a canturrear. Y estuvo a punto de atragantarse al ver que no estaba completamente desnuda, sino que llevaba un minúsculo tanga color carne.

Se la quedó mirando con avidez, con la sangre golpeándole con fuerza cuando la mujer metió los pies en el estanque y empezó a cantar otra vez con el mismo tono dulce y ligero.

Massimo sonrió. Reconoció la canción, y empezó a silbar la melodía.

La chica se quedó paralizada y levantó la cabeza. Dio un paso hacia delante y frunció el ceño.

—¿Quién está ahí?

Massimo salió de debajo del arco y subió las manos en señal de rendición.

–Lo siento, no he podido resistirme. Espero no haberte asustado.

Ella se le quedó mirando con gesto fiero y Massimo se dio cuenta sorprendido de que no parecía asustada. Ni tampoco había hecho amago de cubrir su desnudez.

–Entonces tal vez no deberías ir arrastrándote entre la maleza. Esta es una propiedad privada, te sugiero que te vayas antes de que llame a la policía.

Massimo sonrió con frialdad.

–¡La policía! Eso sería un poco prematuro. ¿No quieres saber primero quién soy?

–Sé quién eres, Massimo Sforza –afirmó con voz clara y firme. Levantó la barbilla–. Y sé lo que quieres. Pero no vas a conseguirlo. Esta es mi casa y no voy a permitir que la conviertas en un espantoso hotel para turistas bulliciosos, así que ya puedes marcharte.

–¿Y si no qué? –Massimo deslizó la mirada con indolencia por sus senos desnudos–. Si estás ocultando un arma me encantaría saber dónde. Esta es mi propiedad y mi tierra y tú eres mi inquilina. Como tu casero, tengo derecho a inspeccionar lo que es mío. Aunque, para ser sincero, creo que ya me has mostrado todo lo que hay que ver.

Flora se lo quedó mirando con los ojos echando chispas por la rabia. Así que aquel era el famoso Massimo Sforza, el hombre cuya arrogante firma había dominado sus días y sus sueños durante muchas semanas. Era tal y como se había imaginado: Astuto, encantador y al mismo tiempo despiadado. Pero, en ese momento, con aquella brillante mirada azul clavada en la suya, le quedaba claro que había subestimado la proporción de encanto y crueldad. Al mirarle a los ojos sintió un escalofrío de furia que le recorrió todo el cuerpo. Estaba claro que pensaba que su mera presencia sería suficiente para superar las objeciones de Flora respecto a su estúpido hotel. Pues estaba muy equivocado. Ya estaba harta de los hombres que daban por hecho que ella se amoldaría a sus planes.

Se le aceleraron los latidos del corazón. Massimo Sforza era completamente aborrecible. Entonces, ¿por qué le temblaba el pulso como si fuera una polilla cerca de una vela? Se le sonrojaron las mejillas y sacudió la cabeza para negarlo... pero no podía negar la traicionera y estremecida respuesta de su cuerpo al suyo. Ni tampoco el hecho de que era el hombre más perversamente atractivo que había conocido jamás.

Y el más peligroso.

Apretó los dientes, confusa y molesta por la respuesta de su cuerpo. Aquello era inapropiado, superficial, y teniendo en cuenta que sabía quién era, no estaba bien. ¿Y qué si era guapo? ¿Acaso no había visto su foto mil veces en periódicos y revistas? Pero nada la había preparado para la realidad de su belleza ni para aquel aire de poder y seguridad en sí mismo, para aquel pelo negro y liso, la mandíbula visible bajo la barba incipiente y aquella mirada de autoridad.

Flora deslizó rápidamente la mirada hacia su pecho. Sí, era ancho, pero no porque tuviera un gran corazón. Aquel hombre no tenía corazón, y más le valía recordarlo.

–No sabía que eras un mojigato –le espetó–. Y menos teniendo en cuenta tu documentado interés por mujeres ligeras de ropa. Pero no me sorprende en absoluto que seas un hipócrita. Después de todo, eres el responsable de una corporación multinacional, y eso es una especie de requisito, ¿no?

Massimo se encogió de hombros con despreocupa-
ción, pero la intensidad de su mirada la hizo estremecerse.

–No soy un mojigato. Me has pillado con la guardia
bajada. Verás, no suelo hablar de negocios con mujeres
desnudas. Pero es que tampoco suelo visitar locales de
striptease.

Los ojos de Flora brillaron con más fuerza que el sol
de Cerdeña.

–No soy una stripper –afirmó con frialdad–. Y no
estamos hablando de negocios. Esta es mi casa y puedo
andar por ahí como me dé la gana.

Hizo una breve pausa y compuso una mueca de
burla.

–Además, a diferencia de otras personas, yo no
tengo nada que ocultar.

–Ah, así que crees que la desnudez es lo mismo que
la honestidad, ¿no? Qué interesante. En ese caso, yo
tampoco tengo nada que ocultar –Massimo se quitó la
chaqueta y la arrojó con gesto de desdén sobre un rosal
cercano. Los pétalos salieron volando en todas las direcciones.

–¡Eh! –Flora avanzó un paso hacia él–. ¿Qué diablos
crees que estás haciendo?

Massimo la miró y ella se puso tensa al instante al
ver la hostilidad reflejada en sus profundidades color
cobalto.

–¿Yo? Te estoy mostrando la pureza de mi alma –le
sostuvo la mirada mientras empezaba a desabrocharse
lentamente los botones.

Flora apretó los dientes.

–¿De verdad vas a hacer esto?

No se podía creer lo que estaba pasando. ¿Sería capaz de quitarse toda la ropa delante de ella solo para

demostrar que tenía razón? Lo miró en silencio con un nudo en el estómago. El corazón le latió con fuerza cuando se quitó la camisa y la arrojó encima de la chaqueta. Mirándola a los ojos, se sacó el cinturón por la trabilla y se desabrochó el botón superior de los pantalones.

—¡No! —Flora se dio la vuelta, agarró un vestido veraniego que había encima de unas piedras y se lo puso por la cabeza con movimiento rápido.

—¡Y decías que yo era el mojigato!

Flora escuchó el tono triunfal de su voz y se giró para mirarle con desprecio.

—Que no quiera verte desnudo no me convierte en una mojigata. Es una cuestión de gustos. Sé que te resultará difícil creerlo, pero no te encuentro lo suficientemente atractivo como para querer verte desnudo.

—Oh, sí, claro que me lo creo. Está claro que soy un poco joven para tus gustos. Tal vez debería volver dentro de treinta años.

Flora frunció el ceño.

—¿Treinta años? —repitió de forma estúpida—. ¿Y qué diferencia habría?

Massimo sacudió la cabeza.

—No te hagas la inocente conmigo, *cara*. Los dos sabemos que soy lo suficientemente rico para ti. Pero te gustan los hombres ricos y mayores, ¿no es así, señorita Golding? ¿O debería llamarte señorita cazafortunas?

Los ojos de Flora brillaron con furia.

—¿Cómo te atreves? —dio un paso hacia él con los puños apretados a los costados—. Tú no sabes nada de mi relación con Umberto.

A Flora se le formó un nudo en el estómago. Aquel hombre era un monstruo que tenía la osadía de entrar en su casa y juzgarla. Y no solo juzgarla, sino también destrozar algo bueno y puro, ensuciar con sus viles insinuaciones el recuerdo de lo que había sido algo inocente.

Torció el gesto y alzó la barbilla. Que pensara lo que quisiera. Ella sabía la verdad. Que Umberto y ella no habían compartido una pasión, sino una amistad y el deseo mutuo de esconderse. Flora del claustrofóbico amor de su familia y él de la certeza de que estaba perdiendo sus capacidades artísticas.

—Solo para que lo sepas, no tengo ningún problema con tu edad. Solo con tu forma de ser. Umberto era dos veces más hombre de lo que tú podrías ser jamás y nunca serías capaz de comprender lo que compartimos. Pero desde luego no se trataba de su cuenta bancaria.

Massimo sonrió con frialdad. Era la sonrisa de alguien para quien semejante arrebato era una señal de debilidad y de inminente rendición.

—Quien mucho se defiende, mucho esconde. Aunque en tu caso... —alzó una ceja en un gesto burlón—. No se puede decir que escondas demasiado, ¿no te parece?

Massimo se inclinó, agarró la chaqueta y rebuscó en el bolsillo interior. Sacó un sobre y se lo tendió a Flora.

—Guárdate tus justificaciones para quien le interese —su rostro se endureció—. Para tu información, no me importa con quién te acuestes o por qué. Solo quiero que te marches de aquí. Y a pesar de tu discursito sobre mi carácter, creo que si miras dentro de ese sobre te darás cuenta de que entiendo muchas cosas sobre ti, *cara*. Umberto era un hombre rico, pero si aceptas mi oferta tú serás una mujer más rica todavía.

Flora se quedó mirando el sobre en silencio. Una mujer rica. Casi podía visualizar el cheque, podía ver aquella firma autoritaria escrita en él.

Massimo observó con satisfacción cómo vacilaba un instante y luego agarraba el sobre.

–¿No vas a abrirlo?

Ella le miró. No le gustó nada su tono triunfal.

–No –afirmó con voz pausada sin apartar la vista. Y luego rompió despacio y con gesto decidido el sobre y se lo tiró–. No me hace falta. Verás, nada de lo que me puedas ofrecer me interesa. Lo único que quiero es no volver a ver tu arrogante y vil rostro nunca más.

Y antes de que Massimo tuviera la oportunidad de responder, Flora se dio media vuelta y desapareció bajo un arco mientras una leve brisa arrastraba los pedacitos del sobre y del cheque por encima de las piedras.

Capítulo 2

MASSIMO se la quedó mirando confundido. ¿Qué diablos acababa de pasar? ¿De verdad había roto el cheque? ¿Sin siquiera mirarlo?

–¿Señor Sforza?

Se dio la vuelta rápidamente al oír la voz de Giorgio. Su abogado avanzaba casi corriendo por las baldosas de piedra. Parecía agitado y estaba pálido.

–Siento haber tardado tanto. Este lugar es como un laberinto. Pero oí voces –abrió mucho los ojos al darse cuenta por fin de que su jefe estaba sin camisa y apartó la mirada al instante–. Eh... ¿va todo bien? Quiero decir...

A Massimo se le ensombreció el rostro. Era consciente del aspecto que debía de tener estando allí de pie medio desnudo. Su confusión había desaparecido dando lugar a una rabia tan potente que parecía llenarle todo el cuerpo.

–Todo está perfectamente –murmuró sacudiendo la cabeza y agarrando la camisa para ponérsela–. Pero dile a Lisi que estaba en lo cierto. Esta mujer es muy difícil.

–Esa era también mi impresión, señor –Giorgio asintió. Parecía aliviado–. Por eso creo que deberíamos soltar amarras y marcharnos antes de... antes de que esto se nos vaya de las manos –miró de reojo a su jefe, que se estaba abrochando la camisa.

Massimo se giró hacia él.

–¿Marcharnos? –agarró la chaqueta y se la puso con descuido. Su voz sonó más fría que el mármol–. Oh, no tengo ninguna intención de irme, Giorgio. No sin haberle dado a la señorita Golding una buena y merecida lección sobre educación. Ven conmigo.

Empezó a caminar en la misma dirección que había tomado Flora. Ambos hombres se agacharon para cruzar el arco y se detuvieron en seco al llegar a un prado de hierba cuidadosamente cortado. Un rosal alto lo atravesaba, y en el centro había otro arco. Ni rastro de Flora...

–Esto empieza a ser ridículo –murmuró Massimo–. ¿Cuántos jardines necesita un *palazzo*?

Cruzaron el prado y se detuvieron frente al arco. No era un jardín.

–¡Es un laberinto! –Giorgio miró con incertidumbre hacia un pequeño cartel oxidado–. ¿Cree que ella estará aquí?

Massimo torció el gesto. Por supuesto que estaba allí. Y sin duda riéndose a su costa. Suspiró.

–Tendría que haber tirado la maldita casa con ella dentro. Voy a solucionar esto de una vez por todas y luego volveré. Esta vez no tardaré mucho. No creo que sea muy difícil encontrarla.

Veinte minutos más tarde ya sabía que era muy difícil. Había doblado una nueva esquina para encontrarse con otra vía sin salida. Gruñó de frustración, se pasó las manos por el pelo y maldijo a Flora en voz alta.

–Tal vez yo no sea una dama, pero nunca utilizaría semejante lenguaje.

A Massimo se le congeló el cuerpo al oír su voz cargada de malicia.

–¿Qué ocurre, señor Sforza? ¿No le gusta jugar al escondite?

Él se dio la vuelta y escudriñó con la mirada entre las hojas gruesas y oscuras.

–Muy graciosa. Pero no puedes esconderte eternamente.

–Seguramente no. Pero me da la sensación de que tras una hora... o cuatro dando vueltas por aquí tal vez te rindas y te vayas a casa.

Su voz flotaba a través del follaje, y sus palabras eran como sal para su orgullo herido. Pero a pesar de la irritación, una parte de él estaba disfrutando del juego. Curvó los labios en una media sonrisa.

–Si me conocieras sabrías que yo nunca me rindo, *cara.*

–Afortunadamente, nunca te conoceré. Sigue buscando si quieres, pero debo advertirte de que hay más de mil metros de caminos y solo uno de ellos te llevará al centro. En cualquier caso... ¡Feliz cacería!

Massimo miró hacia el cielo y respiró hondo. Flora pagaría por eso. Y mucho antes de lo que esperaba. Se metió la mano en el bolsillo trasero de los pantalones, sacó el móvil y marcó una tecla.

Flora se quedó mirando los densos arbustos y sintió una punzada de satisfacción. El laberinto había sido diseñado por Umberto y tenía una distribución particularmente complicada. Massimo Sforza se quedaría dando vueltas entre sus altos e impenetrables setos hasta que se pusiera el sol. Flora sonrió feliz. Así tendría tiempo para pensar en la falta de ética de su acoso y su chantaje.

Se le desvaneció la sonrisa. Que Massimo hubiera dado por hecho con tanta naturalidad que ella seguía en el *palazzo* para sacarle más dinero hacía que le temblara la piel de rabia.

Si hubiera algún modo de librarse de él para siempre... pero como la mayoría de los hombres ricos y poderosos, estaba acostumbrado a salirse con la suya.

De pronto se sintió muy cansada. ¿Era mucho pedir quedarse con su casa? Pero siempre pasaba lo mismo. Incluso los hombres más razonables parecían dar por hecho que las mujeres deberían cambiar su vida para encajar en sus planes.

Recordó el enfado y la incredulidad de James cuando se negó a cambiar su vida por la suya y sintió una punzada de dolor. Y también le había pasado lo mismo con Thomas. Se puso furioso con ella cuando ella decidió dedicarse a sus propios objetivos en lugar de apoyarle a él.

Le temblaron los labios. Y luego, por supuesto, estaban su padre y su hermano, Freddie. Siempre habían sido muy protectores con ella desde que murió su madre, la trataban como si fuera una niña. Una niña adorable pero tonta que necesitaba que la protegieran de sí misma.

Pero al menos la querían y se interesaban por ella. Por otra parte, Massimo Sforza solo se preocupaba de sí mismo. El hecho de que fuera rico y estuviera acostumbrado a salirse con la suya no significaba que Flora tuviera que renunciar a su casa para que él pudiera convertirla en un absurdo hotel.

Se estremeció. El banco de piedra en el que había buscado refugio estaba frío, y aunque el sol brillaba como una enorme perla en el despejado cielo azul, los setos de dos metros de alto impedían que le llegara mucho calor.

¡Maldito Gianni! Todo era culpa suya. Si Umberto no le hubiera dejado la propiedad... y si su codicioso hermano no la hubiera vendido en cuanto tuvo las escrituras en la mano, ella no estaría allí escondiéndose como una delincuente.

Crujió una ramita cerca y Flora se quedó un instante paralizada... pero luego se relajó. Seguramente se trataba solo de un pájaro o una lagartija. Massimo Sforza podría ser rico y poderoso, pero necesitaría visión de rayos X o alas para encontrarla allí.

Giró la cabeza de forma abrupta. Un aguilucho chilló por encima de ella y Flora se levantó del banco con el ceño fruncido y con un escalofrío. Aquello había sido un grito de aviso. Antes de que pudiera siquiera sopesar qué podría haber causado la alarma del ave oyó un zumbido que se convirtió al instante en el ruido de unas hélices.

Flora alzó la cabeza hacia el cielo y se quedó mirando con la boca abierta el gigantesco helicóptero blanco. ¿De dónde había salido? ¡Aquello tenía que ser cosa de Sforza! Dio por hecho que había llegado al *palazzo* en coche, pero ¿quién más podría tener un juguete así? Seguramente ella estaría nadando en el estanque cuando sobrevoló por encima.

Escuchó unos pasos sobre la gravilla a su espalda y le dio un vuelco el corazón. Cuando se dio la vuelta ya sabía que iba a ser él.

–Gracias, Paolo. Sí, creo que puedo encontrar la salida, pero te llamaré si necesito ayuda –Massimo colgó el teléfono y se la quedó mirando. Los ojos le brillaban con malicia–. Vaya, parece que nos encontramos de nuevo –consultó el reloj y frunció el ceño–. No han pasado ni quince minutos.

–¡Porque has hecho trampa! –Flora apretó los puños y dio un paso atrás. Se dio con las corvas en el banco de piedra y se hizo daño.

Massimo sacudió la cabeza.

–No vas a montar un escándalo porque hayas perdido, ¿verdad, *cara*? Ya te lo dije: yo no me rindo. Además, odio esperar. Y nunca, nunca pierdo.

Flora se lo quedó mirando con gesto impasible.

–Qué mantra de vida tan maravilloso. Tus padres deben de estar muy orgullosos de ti.

A Massimo le brillaron los ojos y ella se dio cuenta de que su ancho cuerpo le estaba bloqueando la única vía de escape.

Se hizo un breve y tenso silencio y luego él se encogió de hombros.

–¿Y qué me dices de tus padres, *cara*? ¿Están orgullosos de que su hija tuviera una relación con un hombre que podría ser su abuelo?

Flora alzó la barbilla y le miró a los ojos.

–Podemos quedarnos aquí todo el día intercambiando insultos si quieres –afirmó con sequedad–. Pero eso no cambiará el hecho de que tengo derecho legal a quedarme aquí como inquilina el tiempo que quiera. Nada de lo que digas o hagas cambiará eso.

Massimo se la quedó mirando durante un largo instante y luego, para asombro de Flora, sonrió sin rencor.

–Eso es verdad.

Ella esperó tensa mientras Massimo seguía observándola. Su repentino cambio de actitud resultaba tan inquietante como la repentina certeza de que estaban solo a unos centímetros de distancia, separados del resto del mundo por unos setos de dos metros de alto. Sintió escalofríos por todo el cuerpo y tragó saliva incómoda. ¿Por qué la estaba mirando así?

Volvió a estremecerse y Massimo frunció un poco el ceño.

–Tienes frío. Por supuesto, es normal.

Antes de que Flora pudiera decir nada, se quitó la chaqueta y se la puso sobre los hombros. La mano le rozó la piel y ella volvió a estremecerse, esa vez por el calor de su contacto.

Sintiéndose desleal, aunque no sabía a quién o a qué, trató de quitársela. Pero él sacudió la cabeza.

—Solo es una chaqueta, *cara*. No una bandera blanca.

Flora se sonrojó, preguntándose desde cuándo era tan transparente, y asintió en silencio. Se sentía acalorada, impaciente, incómoda. Pero ¿dónde estaban su rabia y su indignación? Se abrazó a sí misma con fuerza y miró más allá de Massimo. En ese momento, con su chaqueta puesta y el calor de su cuerpo todavía pegado a la tela, se sentía aún más confundida.

Se aclaró la garganta.

—Te acompañaré a la salida.

Massimo asintió lentamente.

Tardaron siete minutos en salir. Giorgio los estaba esperando en la entrada. Les miró angustiado.

—Ah, aquí está... aquí están los dos...

—Creo que no conoces a la señorita Golding, Giorgio —intervino Massimo rápidamente—. Señorita Golding, este es mi consejero legal, Giorgio Caselli. Aquí ya hemos terminado, Giorgio. Te veré en el helicóptero.

El abogado parecía asombrado y admirado al mismo tiempo.

—¿De veras? Excelente. Maravilloso. Ha sido un placer conocerla, señorita Golding.

Flora se lo quedó mirando. Una sensación de mal presagio le recorrió la piel. ¿Y ya estaba? ¿Tras tantos meses de acoso, se rendía y se marchaba sin más?

Se giró para mirarle.

—No lo entiendo. ¿Estás diciendo que puedo quedarme? ¿O se trata de algún juego?

Massimo esbozó una sonrisa.

—No es ningún juego.

—Pero no tiene sentido —insistió ella con firmeza—. Hace un minuto te estabas comportando como un dictador, y ahora estás siendo... —se detuvo.

—¿Qué? ¿Cómo estoy siendo?

Los azules ojos de Massimo estaban clavados en ella. Flora frunció el ceño.

—No sé... razonable. Amable.

Massimo sonrió del todo y sus bellas facciones se suavizaron.

—¡Eso es un golpe bajo! Puedes llamarme arrogante y despiadado... pero no amable, la amabilidad es algo peligroso para un director ejecutivo —Massimo miró hacia el terreno—. ¿Hay más jardines allí?

Flora asintió, sorprendida por el cambio de tema.

—Me gustaría verlos. ¿Me los enseñas? —se limitó a preguntarle él.

Aspirando el aroma de los capullos en flor y de la tierra cálida, a Massimo le sorprendió e incluso le impresionó la diversidad que había en los jardines. No era ningún hortelano, pero incluso él podía ver el impactante contraste con el *palazzo*. Allí parecía que alguien se estaba ocupando de la tierra.

Entre los estrechos caminos de grava rodeados de setos de laurel bien recortados había parterres cuadrados llenos de lavanda, romero, tomillo y salvia. Los árboles frutales se mezclaban con rosales trepadores, jazmín, madreselva y glicinia que cubrían paredes y arcos.

Massimo pasó la mano por un seto recortado de forma ornamental. Sin duda Bassani se había iniciado en la jardinería cuando su carrera artística empezó a declinar. Entrecerró los ojos para protegerse del sol y sus facciones se contrajeron. Era bonito, pero la jardinería, al igual que todos los hobbies, le parecía una pérdida de tiempo. Él trabajaba con un entrenador personal cinco días a la semana, pero el trabajo colmaba todas sus necesidades excepto el descanso y el relax, por eso en su tiempo libre le gustaba dormir y tener relaciones sexuales.

–Esto es precioso –dijo finalmente–. No sabía que Bassani fuera un horticultor tan experto.

Flora le miró y sus labios se fruncieron en un mohín. Massimo sintió que la entrepierna le daba un tirón casi imperceptible. ¿Cómo describir aquellos labios? No eran rojos, y tampoco rosas. La miró con ojo crítico. Una tenue cicatriz justo encima de la ceja y unas cuantas pecas alrededor de la nariz y por las mejillas contrastaban con la simetría clásica de su rostro e impedían que fuera una chica guapa más. Pero aquella boca era una obra de arte: una mezcla de desafío y seducción, determinación... y rendición.

La imagen de Flora con ojos adormilados y con su cuerpo fundiéndose en el suyo hizo explosión dentro de su cabeza.

Massimo hizo un esfuerzo por controlar su imaginación y señaló hacia un grupo de peonías rojas.

–¿Lo escogía él todo?

Flora sacudió lentamente la cabeza.

–Umberto no tenía nada que ver con los jardines. Le gustaba sentarse en ellos, por supuesto, pero no sabía absolutamente nada de plantas –arrugó la nariz.

Al ver cómo se le llenaban los ojos de lágrimas al hablar de su amante, Massimo sintió una punzada dentro del cuerpo. La idea de que Flora y Umberto estuvieran juntos, imaginar su maravilloso y joven cuerpo apretado contra el de aquel hombre mayor, provocó que le dieran ganas de descabezar todas las flores...

La voz de Flora interrumpió sus pensamientos.

–Aunque a veces me ayudaba a plantar. No cavaba la tierra, pero siempre sabía dónde debían ir las plantas. Creo que se debe a que era un artista, tenía un ojo maravilloso para el color y la composición.

Massimo asintió.

–Sé menos sobre color y composición que sobre plantas. Pero tengo un par de propiedades a las que les vendría bien un buen jardinero –comentó distraídamente–. Tal vez podría contratar al tuyo.

Ella soltó una carcajada. Era un hombre incorregible.

–¿Así que como no puedes quedarte con mi casa quieres mi jardinero?

A Massimo le brillaron los ojos.

–No lo había visto así, pero... sí, me parece justo.

El tono burlón y amable de su voz hizo que el corazón le latiera más deprisa. Todavía seguía siendo su enemigo, se dijo. Era un lobo con piel de cordero y no debía bajar la guardia aunque sus ojos fueran como lagos de un bosque y tuviera la voz tan dulce como la miel silvestre.

–Eso no va a pasar –dijo lentamente confiando en que su rostro no revelara sus pensamientos–. Cuidar de estos jardines... –frunció el ceño–. Bueno, no es solo un trabajo. Es algo más complicado.

Los ojos de Massimo brillaron burlones.

–No hay nada complicado en comparación con ese laberinto. No te preocupes, *cara*. No voy a secuestrar a tu jardinero. Ya veo que no quieres quedarte sin sus servicios.

Sus miradas se encontraron y Flora sintió que la piel se le ponía tirante bajo sus ojos. Tenía unos ojos preciosos, de un azul oscuro y profundo, y ella sintió una repentina oleada de calor al mirar su mandíbula fuerte y aquella boca de labios gruesos que sonreía como ninguna. ¿Qué mujer no querría ser la razón de aquella sonrisa?

Y entonces, como si el sol se hubiera escondido de pronto tras una nube, la sonrisa de Massimo se desvaneció.

–Lo siento –dijo arrastrando las palabras–. Debe de ser el calor. Normalmente asimilo las cosas más rápidamente –frunció el ceño–. No tienes que explicarme nada. Lo entiendo.

–¿Qué entiendes? –Flora sintió que se le erizaba el vello de la nuca ante la repentina tensión.

–Está claro que es «amigo» tuyo.

Ella se le quedó mirando confundida.

–¿Quién?

–El jardinero.

La expresión de su rostro resultaba difícil de definir, pero Flora sintió que se retraía y eso le produjo una oleada de inquietud.

–No es amigo mío. Quiero decir, no puede serlo. No existe –afirmó sin aliento–. Yo hago la jardinería. Yo sola.

Hubo un momento de silencio mientras Massimo observaba su rostro y luego sonreía despacio.

–¿De veras? Estás llena de sorpresas, señorita Golding. No me extraña que Bassani estuviera tan enamorado de ti.

No había nada nuevo en sus palabras. Las había escuchado de muchas maneras y muchas veces antes. Normalmente dejaba que le resbalaran, pero por alguna razón no quiso que ese hombre pensara que eran ciertas.

–No, no era... –empezó a decir. Pero las palabras se

le quedaron en la garganta cuando él le tomó la mano suavemente con la suya. A Flora se le aceleró el corazón. Sabía que debería decirle que parara, apartar la mano. Pero no podía moverse ni hablar.

Finalmente, Massimo le soltó la mano y le dijo:

—Así que esta es la razón por la que quieres quedarte.

No era una pregunta, pero ella asintió de todas maneras.

—Sí. En parte.

Flora le miró vacilante. Nunca le hablaba a nadie de su auténtico trabajo. La mayoría de la gente de la isla creía que era la musa de Umberto, y eso era cierto. Había posado con frecuencia para él. Pero solo para hacerle un favor. Su auténtica pasión desde que era niña eran las flores, pero no mucha gente la tomaba en serio cuando se lo contaba, seguramente porque estaban demasiado ocupados señalando que se llamaba Flora y le gustaban las flores, una broma que había dejado de ser graciosa muchos años atrás.

Aspiró con fuerza el aire.

—Ahora mismo estoy escribiendo una tesis sobre las orquídeas. En la isla hay varias especies muy raras. Por eso vine aquí en un principio —se sintió de pronto algo tímida y sonrió con tirantez—. Ni siquiera conocía la existencia del *palazzo* ni de Umberto antes de llegar. Me topé con él en un café en Cagliari.

Massimo la observó detenidamente. Hacía que sonara muy inocente, sin planear. Como si su relación con Bassani hubiera sido una casualidad. Se le endureció el rostro. Y, sin embargo, allí estaba su nombre en el acuerdo de alquiler. Apretó los dientes. Contara como contara la historia, sabía que Flora había estado buscando un viejo rico, y en Cerdeña solo había un hombre que cumpliera los requisitos.

Apretó el músculo de las mandíbulas. Las mujeres como Flora Golding hacían los deberes. No dejaban nada al azar. Porque, si sus esfuerzos funcionaban, entonces no tendrían que volver a trabajar nunca más, como su madrastra Alida. Aunque, para ella, gastarse el dinero de su padre era un trabajo a tiempo completo. El cuerpo se le puso tenso al recordar el glacial desdén de su madrastra, y luego miró a Flora con frialdad. Sin duda había averiguado dónde le gustaba a Bassani ir a tomar algo y lo había preparado todo. Podía imaginarse la emoción del viejo al descubrir a aquella joven tan bella tomándose un capuchino en algún bar destartalado. Y luego lo único que tuvo que hacer fue posar para él. Desnuda. Al imaginarse a Flora quitándose su vestido veraniego con los ojos brillantes por el triunfo sintió una punzada de envidia y de deseo.

Perdió por un momento todo sentido del tiempo y el espacio y luego dejó escapar lentamente el aire.

—Qué fortuito —murmuró—. Encontrar tu lienzo en blanco aquí, en este *palazzo*... el mismo sitio que has elegido para que sea tu hogar.

Se quedó mirando hacia el jardín, ciego a su belleza. Tendría que haberse sentido satisfecho con aquella prueba final de que era tan manipuladora como sospechaba, pero bajo la satisfacción asomaba un extraño sentimiento de decepción, de traición. Y también sentía rabia hacia sí mismo por responder a sus encantos físicos.

Apretó las mandíbulas cuando ella le miró alzando ligeramente las cejas, asombrada por su repentino cambio de tono.

—Me encantan los jardines, pero se trata de una afición. Mi trabajo real es mi tesis, y para terminarla necesito paz y tranquilidad. Y eso lo consigo viviendo aquí.

Massimo sonrió. Flora había hablado con un tono desenfadado y sin darle importancia a sus palabras, pero le había dado sin querer el modo de acabar con ella.

Habían llegado a la entrada del *palazzo*. Massimo se giró bruscamente hacia ella.

–Ha sido una visita muy aclaradora. No te preocupes, Flora, no volveremos a ponernos en contacto contigo. Y, por supuesto, no habrá más incentivos económicos. Has dejado muy claro que el dinero no te importa y yo eso lo respeto.

Flora parpadeó bajo la luz del sol. Aunque hacía un calor sofocante, sintió un escalofrío en la espina dorsal. La voz de Massimo había vuelto a cambiar. En ese momento sonaba casi a burla.

–Bien –dijo rápidamente tratando de ignorar la incomodidad que sentía en el estómago–. Solo siento que hayas tenido que venir hasta aquí personalmente para entender lo que siento.

Massimo dio un paso adelante y ella sintió una punzada de miedo.

–No lo sientas. Me gusta encontrarme con mis enemigos cara a cara. Así consigo cerrar los tratos a mi favor con mucha más facilidad.

Flora necesitó unos instantes para entender lo que acababa de decirle.

–¿Qué... qué trato? –preguntó tartamudeando–. No hay ningún trato. Acabas de decir que no volverás a contactar conmigo para ofrecerme dinero.

Él sonrió con frialdad.

–Y no lo haré. No recibirás ni un penique de mi dinero. Ni ahora ni nunca.

Flora se lo quedó mirando, asombrada por la indiscutible frialdad de su mirada.

—No lo entiendo... —comenzó a decir. Pero las palabras se le quedaron en la garganta.

—No, supongo que no —Massimo sacudió la cabeza—. Así que te lo voy a aclarar. Como te dije antes, *cara*, yo siempre consigo lo que quiero. Y lo que quiero es que te marches de aquí. Normalmente pagaría, pero como el dinero no es una opción, voy a tener que usar otro método para conseguir lo que quiero. Y cuando haya terminado contigo estarás suplicándome para poder firmar cualquier contrato que te ponga delante gratis.

Flora se lo quedó mirando mientras el corazón le latía contra las costillas.

—¿Qué quieres decir? —pero Massimo había empezado ya a alejarse—. ¡No puedes hacer nada! —le gritó a la espalda—. ¡Esta es mi casa!

Seguro que se trataba de un farol. No podía ser de otra manera. No había nada que Massimo pudiera hacer.

Pero cuando vio que el helicóptero se alzaba hacia el cielo y desaparecía lentamente de su vista entendió que las palabras de despedida de Massimo habían sido una declaración de guerra. Y no le cabía la menor duda de que la próxima vez que volviera lo haría acompañado de un ejército.

Capítulo 3

FLORA se levantó de la enorme cama de hierro y miró con tristeza por la ventana hacia el cielo sin nubes. Su noche había estado plagada de imágenes de Massimo Sforza. Sueños incómodos en los que aparecía desnudo con su cuerpo delgado y musculoso apretado contra el suyo, con sus dedos largos y fuertes deslizándose sobre su piel y...

Apretó los dientes, se puso una camiseta negra desteñida y unos vaqueros viejos y bajó las escaleras. Contuvo el aliento y se forzó a mirar en el buzón que colgaba de la puerta de atrás, pero no había ningún sobre blanco, así que soltó lentamente el aire.

Habían pasado tres semanas desde que Massimo Sforza apareció en el *palazzo*, pero todavía sentía su presencia por todas partes. La idea de que algún día se daría la vuelta y lo encontraría allí de pie mirándola con expresión triunfal le provocaba mareos. Pero solo hasta que la rabia hacía su aparición.

Una vez en la cocina sacó un plato y una taza y miró hacia los cerrojos que había puesto en las ventanas de la terraza. También los había colocado en el resto de las puertas. Solo había una única llave que abría la sólida puerta de entrada de roble, y estaba allí colgada, entre la cafetera y la sartén. Pasara lo que pasara, Massimo Sforza no podría volver a entrar en su casa sin avisar.

* * *

Se despertó a la mañana siguiente ante el insistente sonido del móvil.

–¿Hola? –balbuceó todavía adormilada.

Abrió un ojo y miró hacia la luz del sol que se filtraba a través de una apertura entre las cortinas. ¿Quién diablos llamaba a aquellas horas? ¿Y por qué no decía nada? Miró irritada el móvil y se le quedó la respiración retenida en los pulmones cuando volvió a oír el sonido... desde la planta de abajo.

Se quedó un instante presa de la confusión y el pánico. Sin duda se lo había imaginado... pero ahí estaba otra vez. Y de algún lugar le llegó el ruido de un taladro, tan agudo que se tuvo que llevar las manos a los oídos.

Se levantó de la cama. Ya no tenía miedo. Los ladrones no utilizaban taladros. Aspiró el aire por la nariz. ¡Ni tampoco hacían café!

El ruido de abajo era más fuerte que el de su dormitorio. Entró en la cocina y abrió la boca horrorizada. Allí donde miraba había gente vestida con monos de trabajo y cajas apiladas.

–¡Perdone! –dijo dándole un toque en el hombro al trabajador que tenía más cerca–. ¿Qué están haciendo en mi cocina?

Pero antes de que pudiera responder, una mujer vestida con un traje de chaqueta de marca pasó por delante de ella haciendo gestos de disculpa.

Su atuendo hablaba con más elocuencia de lo que podría haberlo hecho cualquier trabajador.

Con el rostro contorsionado por la rabia, Flora salió precipitadamente a la terraza.

–Lo sabía –espetó–. Sabía que tú estarías detrás de esto. Eres un... –le gritó al hombre que estaba sentado a la mesa tomándose un café.

Él frunció el ceño y compuso una mueca de fingido horror.

–Alguien se ha levantado con el pie izquierdo –los ojos le brillaban con malicia–. Buenos días, señorita Golding. No la había reconocido con la ropa puesta.

–Ja, ja. Muy gracioso. Y ahora, ¿te importaría decirme a qué diablos estás jugando?

–No estoy jugando a nada, *cara*. Esto es trabajo –su mirada la dejó clavada en el sitio–. Siento haberte despertado tan pronto, pero no todos podemos permitirnos el lujo de no madrugar.

Massimo se puso de pie de pronto y estiró los hombros. Todo pensamiento racional desapareció de la mente de Flora y su cuerpo se puso en alerta máxima.

–No te preocupes por nosotros –aseguró él conteniendo un bostezo–. Podemos seguir aquí abajo y tú puedes volver a la cama.

Flora se lo quedó mirando con la boca abierta. ¿Por qué estaba actuando así? Se estaba mostrando amable, amistoso. Hacía que pareciera que aquello era algo con lo que ella estaba de acuerdo. Miró a su alrededor y sintió que se le erizaba la piel al ver que dos trabajadores del equipo se miraban con gesto cómplice.

¿Acaso pensarían que Massimo y ella eran...? Abrió la boca para protestar, pero se detuvo cuando él sonrió con malicia al ver su expresión ultrajada.

–Lo cierto es que me he despertado demasiado temprano –sus miradas se encontraron y Massimo sonrió todavía más–. Tal vez suba contigo...

–No. No lo harás –Flora dio entonces un súbito respingo cuando se oyó un golpe seco en algún lugar de la casa–. ¿Qué diablos es ese ruido? –se giró y se dirigió a la cocina como un gato furioso.

Massimo la siguió y se encogió de hombros con expresión indescifrable.

–No estoy muy seguro –señaló distraídamente hacia una caja de cables–. Algo que tiene que ver con la mejora de Internet.

Flora apretó los dientes.

–No puedes hacer esto. Aunque seas mi casero, no puedes entrar aquí cuando te plazca.

–Sabía que dirías eso –murmuró él metiendo la mano en el bolsillo interior de la chaqueta–. Por eso le pedí a un miembro de mi equipo que me imprimiera una copia de tu contrato de alquiler. Toma. Puedes quedártela.

Ella le miró con rabia y le quitó las hojas de la mano.

–No necesito ninguna copia. Sé lo que pone, y dice que no puedes aparecer sin previo aviso. Tienes que notificarme que vas a venir.

Massimo frunció el ceño.

–¿Y no lo he hecho? Qué desconsiderado por mi parte. No puedo imaginarme cómo ha podido ocurrir algo así. Y yo que creía que era un buen casero...

–No lo eres –contestó ella al instante–. Si lo fueras, tus hombres no estarían haciendo agujeros en mis paredes, estarían arreglando el tejado y la fontanería. Haces esto para intentar complicarme la vida. Así que ¿por qué no te llevas tu maldito Internet de fibra óptica y toda esta basura antes de que llame a la policía?

Massimo le sostuvo la enfurecida mirada. A Flora empezó a latirle con fuerza el corazón.

–No te molestes –afirmó él consultando el reloj–. He quedado con el jefe de policía dentro de una hora para comer. Somos viejos amigos. Puedo mencionarle tus preocupaciones si quieres.

–¿Para qué, para que las ignore? –le espetó ella. Maldito fuera.

–No hay necesidad de ponerse histérica, *cara* –en sus ojos había un brillo de satisfacción–. Solo intento ayudarte.

Aquella fue la gota que colmó el vaso. Flora adquirió un tono chillón.

–Tú no intentas ayudar a nadie más que a ti mismo.

Massimo avanzó un paso hacia ella y alzó las manos en un gesto de rendición.

–Quiero ayudarte. De verdad que sí. Y siento el ruido y el follón –se giró y dijo unas cuantas palabras rápidas en italiano. Y, como si hubiera apretado un interruptor, el taladro se detuvo y en cuestión de segundos la cocina se quedó vacía y en silencio.

Flora le miró confundida.

–Toma, bébete esto –Massimo le tendió un vaso de agua que Flora aceptó. Él sacudió la cabeza y dijo con tono dulce–, ¿lo ves? Ya estás empezando a lamentar no haber aceptado el dinero, ¿verdad?

Flora se quedó un instante conmocionada por su maldad y su sangre fría, y luego una furia caliente y húmeda como la tierra mojada se le subió a la garganta. Dejó escapar lentamente el aire y puso el vaso sobre la mesa. Quería matarle.

–¿Por eso estás haciendo todo esto?

Massimo sacudió la cabeza.

–No. Estoy haciendo todo esto para mi nuevo inquilino. Tu nuevo vecino. Se muda aquí. Está en el correo electrónico que al parecer no te envié –sonrió–. No pongas esa cara de preocupación. Yo mismo lo elegí personalmente.

Flora tuvo que hacer un esfuerzo para no tirarle el vaso de agua por encima. Finalmente, dijo:

–Déjame adivinar. Toca la batería en un grupo. O tal vez sea un criador de perros o de pájaros.

Massimo se rio.

–¿Estás diciendo que elegiría deliberadamente un inquilino antisocial para hacerte la vida difícil? –sacudió la cabeza–. Siento decepcionarte, pero se trata de un amable y tranquilo hombre de negocios.

Sus palabras resonaron dentro de la cabeza de Flora y entonces supo lo que estaba pasando. Se puso pálida.

–¡No! –agitó la cabeza–. ¡No vas a mudarte aquí! ¡No puedes!

–Claro que puedo. No tendrás miedo, ¿verdad, *cara*? Después de todo, es una casa muy grande.

Flora sintió que se le caía el alma a los pies. Sí, era una casa grande, pero sabía que él dominaría cada centímetro. Se le hizo un nudo en la garganta. No era justo. Aquella casa era su hogar, su refugio del mundo. Pero ¿cómo iba a sentirse segura viviendo con un hombre que la miraba como si fuera un depredador?

El miedo se le mezcló con el deseo y se lo quedó mirando en silencio, temerosa de que pudiera leerle el pensamiento.

Finalmente, Massimo se encogió de hombros.

–He ocupado el dormitorio que está al lado del tuyo. La habitación azul –hizo una pausa y sonrió con frialdad–. Por supuesto, si no te gusta siempre podemos cambiar de habitación. O también puedes marcharte.

A Flora se le encogió el estómago. Apenas podía contener la rabia.

–Por encima de mi cadáver.

Massimo sonrió con frialdad. Sus decisiones empresariales estaban basadas normalmente en la lógica y la razón. Pero la decisión de mudarse al *palazzo* la había tomado por pura rabia. Flora le había desafiado y él quería castigarla por ello. Quería pasarle por la cara su poder.

Giorgio se había quedado impactado. Igual que el resto del equipo. Había sido una decisión inconsciente y completamente impropia de él, pero había seguido adelante.

Sintió una punzada en el cuerpo y la miró con deseo. El recuerdo de su cuerpo desnudo se apoderó de su mente. Había sido lo mismo durante semanas. Le resultaba imposible concentrarse, se le iba la cabeza distrayéndose con imágenes de Flora derritiéndose entre sus brazos...

La respiración se le hizo más lenta. Y por qué no, pensó distraídamente. Lo había intentado con dinero, con amenazas y razonando, y nada había funcionado. ¿Por qué no intentarlo con la seducción?

Massimo le dirigió una sonrisa y sintió el tirón sexual entre ellos.

–Preferiría estar encima de ti físicamente.

Flora tragó saliva para pasar el nudo que se le había formado en la garganta. Sintió una punzada de miedo dentro. Hasta aquel momento el deseo y la atracción no habían sido reales. Solo estaban dentro de su cabeza de un modo vergonzoso y privado. En esos momentos habían salido a plena luz. Massimo la miraba fijamente y ella sintió una ráfaga seca y calurosa sobre la piel.

–Eres repugnante –susurró.

Massimo la observó con los ojos entornados y expresión cruel.

–Solo soy sincero –murmuró–. Tú deberías probarlo alguna vez.

El pulso le latió con fuerza en la cabeza. Tenía la boca seca. ¿Qué le estaba pasando? ¿De verdad era tan superficial como para que su cuerpo pasara por encima de lo que su mente sabía que era cierto? Tal vez Massimo Sforza fuera increíblemente guapo, pero también era un ser humano despreciable.

Flora cruzó despacio la cocina y se detuvo delante de él. Estaban tan cerca que le mareó el aroma de su cuerpo y el olor a lavanda y bergamota que desprendía su piel. El corazón le latía con fuerza en el pecho y le miró con los ojos muy abiertos.

–Meterte a la fuerza en mi casa es algo despreciable... y sinceramente, creí que no podrías caer más bajo. Qué equivocada estaba. Siento decepcionarte, pero yo no hago labores domésticas, no escucho ópera ni me acuesto con hombres a los que odio –sintió una punzada de satisfacción al ver que se le borraba la sonrisa. Tras tantos meses sintiéndose perseguida, le gustó revolverse contra el cazador.

Las bellas facciones de Massimo se tensaron en un gesto burlón.

–¿Odio? Oh, tú no me odias, *cara*. Te doy miedo. Te da miedo cómo te hago sentir.

Estaban a solo unos centímetros uno del otro, y Flora se vio mirándole impotente los carnosos y sensuales labios. ¿Cómo era posible que un hombre con tan poca integridad tuviera una boca tan bonita? Resultaba injusto y cruel.

–Tienes razón –afirmó con sequedad–. Tengo miedo. Miedo de ir a la cárcel por matarte. ¡Cómo iba a acostarme contigo después de cómo me has tratado! Eres la persona más insensible y arrogante que he conocido en mi vida.

Massimo tenía una mirada fría. Dejó que el silencio creciera entre ellos y luego se encogió de hombros.

–No sé por qué montas tanto escándalo. No te estoy pidiendo nada que no hayas hecho antes.

A Flora le temblaba todo el cuerpo, como si la furia

y la humillación que sentía por dentro estuvieran intentando atravesarle la piel para salir.

–¿A qué te refieres exactamente? –preguntó.

Massimo le dirigió una mirada especulativa.

–A acostarte con un hombre rico para hacerte la vida más fácil.

Observó con satisfacción cómo una sombra cruzaba por sus ojos al mismo tiempo que apretaba los puños. ¿Hasta dónde podría presionarla? ¿Y cuánto le costaría que olvidara su furia y cediera a la tensión que se había ido creando entre ellos desde aquel primer día en el jardín?

Massimo apretó los dientes. Esperaba por su propio bien que no tardara demasiado. Le estaba costando mucho mantener el autocontrol.

A Flora le salió la rabia de debajo de la piel.

–No solo eres un maleducado, sino que además te equivocas. Tal vez tus novias actúen así, pero yo no soy esa clase de mujer.

–Oh, creo que eres exactamente esa clase de mujer –afirmó Massimo con tono suave–. Pero no me malinterpretes. En realidad no me importa qué clase de mujer seas. Después de todo, los hombres y las mujeres no tienen que caerse bien ni respetarse el uno al otro para tener relaciones sexuales. Tú deberías saberlo mejor que nadie.

Flora sintió que le cambiaba la respiración. La furia se superpuso al dolor.

–No. Es verdad. Pero tienen que caerse bien y respetarse a sí mismos... y yo no podría hacer ninguna de las dos cosas si me acostara contigo.

A Massimo le brillaron los ojos, pero su tono resultó sorprendentemente calmado cuando habló:

–Como quieras. Tengo mucho trabajo, así que disfruta del desayuno.

Se dio la vuelta y salió de la cocina antes de que Flora pudiera siquiera registrar que se estaba marchando. Se quedó mirándole durante un instante con resentimiento en asombrado silencio. Y luego se estremeció. Tal vez tendría que haber aceptado el dinero y haberse marchado...

Apretó los labios. Pero ¿por qué tendría que renunciar a su casa? Por mucho que lo diera a entender, no podía obligarla a marcharse. Tenía a la ley de su lado. Y en esos momentos sabía qué tramaba Massimo. Aunque eso no le servía de mucha ayuda.

Salió al jardín y parpadeó. En esos momentos sabía a qué se enfrentaba. Sabía que él utilizaría todas las armas que tuviera a su disposición para salirse con la suya. Desafortunadamente, lo que Flora no había descubierto hasta ese momento era que su arma más efectiva era él mismo.

Inclinada sobre una bandeja de semillas en el invernadero, Flora se apartó un mechón de pelo de los ojos, alzó la vista y miró con resentimiento hacia el hermoso *palazzo* color miel. Solo habían pasado cinco días desde que Massimo Sforza se mudó a la casa, pero ella ya sabía que le había cambiado la vida. Y no estaba segura de si volvería a ser la misma alguna vez.

Su antes pacífico hogar estaba en esos momentos lleno de una sucesión de pintores y fontaneros... y, por supuesto, de un entorno de personas vestidas con trajes de marca y bien peinadas. Y no había solo hombres, pensó con amargura.

Se incorporó, arqueó la espalda y dejó escapar un profundo suspiro. ¿Por qué todas las mujeres que trabajaban para Sforza parecían modelos de Victoria's Secret?

Seguramente no fuera un requisito necesario para trabajar con él: eso sería una canallada, y además ilegal.

Flora se secó las manos en los pantalones cortos, agarró la bandeja y la puso en su sitio con gesto sombrío. Estaba decidida a ignorar su existencia, o al menos a tratarle con la indiferencia que se merecía. Pero le estaba resultando duro cuando allí donde miraba encontraba restos de su presencia: un par de gemelos abandonados descuidadamente sobre la mesa de la cocina, un flamante deportivo negro aparcado en la entrada...

Flora suspiró suavemente. Su vida y su casa ya no le pertenecían. Y no había nada que pudiera hacer al respecto.

Al menos eso creía su hermano.

Freddie dirigía un bufete de abogados en Londres, y ella le había llamado para darle una versión editada de lo que estaba sucediendo. Afortunadamente, su hermano tenía un caso importante entre manos y estaba más distraído de lo habitual. Desafortunadamente, le confirmó sus sospechas. Solo tenía dos opciones: quedarse o irse.

—La ley está de su lado. Y aunque técnicamente tendría que habértelo notificado, no vale la pena interponer una demanda por eso. Para empezar, tardaría mucho en salir el juicio, y además sobre el papel al menos es un buen casero. Has dicho que está haciendo todas las reparaciones que tú querías.

Flora se miró los pies desnudos con gesto cansado. Así era. Y algunas otras que ella ni siquiera le había pedido, como instalar un horno de acero inoxidable lleno de botones y programas.

—Lo siento, Flossie.

—No pasa nada —murmuró ella—. Solo era una idea.

Y gracias por echarle un vistazo al asunto. Sé que no es tu campo.

Freddie se aclaró la garganta.

–Ya sabes que puedes llamarme siempre que quieras. Esto es un cambio agradable frente al horror habitual.

Freddie estaba especializado en «causas», no en casos, pero Flora sabía que le encantaba su trabajo.

–Mira –ella notó que le cambiaba el tono–. Sé que no quieres oírlo, pero estás malgastando tu tiempo ahí. En Inglaterra también hay flores de sobra, ¿sabes? ¿Por qué no vuelves a casa? A papá le encantará verte. A los dos. Puedes instalarte en tu propia habitación...

Flora apretó los dientes e interrumpió a su hermano al instante.

–Gracias, Freddie. Pero no voy a dejar el *palazzo*. Esta es mi casa.

–De acuerdo. Pero prométeme que no vas a buscar pelea. Agacha la cabeza y mantente alejada de su camino...

Flora miró las semillas que tenía delante y suspiró. Por supuesto que se lo había prometido.

No tenía intención de darle a Massimo Sforza la satisfacción de conseguir lo que quería, y lo que quería era que se lanzara a una batalla abierta contra él. Era lo suficientemente listo y frío como para seguir provocándola hasta que ella estallara... eso le daría la justificación perfecta para poner fin a su alquiler. Así que por mucho que le hubiera gustado enfrentarse a él en cada oportunidad, había cumplido su promesa y se mantuvo alejada de él.

Flora se mordió el labio inferior. Y estaba bien así. Pero la llegada de Massimo a su vida había sido tan repentina, tan traumática, que vivir con él era como enfrentarse a las consecuencias de un desastre natural. Todo lo que le resultaba familiar y seguro había desaparecido. Incluso algo tan simple como desayunar estaba en esos momentos tan cargado de posibles desenlaces que se agotaba solo de pensar en ello.

En algún momento le encantaría retomar la guerra abierta, pero mientras tanto era como la superviviente de un naufragio flotando a la deriva en una balsa. Agarró otra bandeja de semillas y suspiró. Lo que realmente necesitaba era tiempo para acostumbrarse a sus nuevas circunstancias. Tiempo para recuperarse. Y tiempo para planear su siguiente movimiento...

Afortunadamente, las siguientes dos semanas transcurrieron sin incidentes. La casa estaba por fin libre de escaleras y sábanas para proteger los muebles, y el olor a pintura húmeda había empezado a desaparecer. Tal y como hacía antes de la llegada de Massimo, Flora pasaba la mayor parte del tiempo en los invernaderos tomando notas para su tesis. Tras un par de días mirando de vez en cuando hacia atrás con preocupación empezó finalmente a relajarse, porque estaba claro que entre los planes diarios de su casero no entraba aventurarse en lo que ella consideraba su espacio.

Sin embargo, los jardines eran otro cantar. Una especie de tierra de nadie. No le gustaba admitirlo, pero los rodeaba para llegar a los invernaderos. Y, sin embargo, no podía seguir evitando eternamente pasar por ahí si no quería que todo se secara. Agarró su pala favorita y unas tijeras de podar y cerró con firmeza la puerta del invernadero. Debería empezar ese mismo día con la rosaleda, que siempre era lo que más atención necesitaba.

Tras tantos días metida en los invernaderos, resultaba maravilloso sentir el sol en la piel y escuchar a los pájaros cantando en los setos. El aire estaba cargado; habría tormenta más tarde, seguramente por la noche. Trabajó a buen ritmo y solo se detuvo para comer unas *sebadas* y un racimo de uvas.

Cuando terminó se fijó en un precioso rosal de floribunda. Lo había plantado cuando Umberto murió. A él le encantaban todas las rosas, pero sus favoritas eran las de tono coral.

–Pobrecitas –murmuró Flora deslizando los dedos por los delicados pétalos de las flores y aspirando con fuerza su voluptuoso aroma–. Siento no haber cuidado de vosotras últimamente –recortó un par de tallos aplastados–. Eso. Así está mejor.

Sonrió y se dio la vuelta para dejar los capullos en el cubo... y fue entonces cuando vio la alta figura de Massimo apoyada distraídamente contra el reloj de sol de piedra que constituía una pieza central de la rosaleda.

–Había oído que hay gente que habla con sus mascotas. O incluso con los árboles. Pero es la primera vez que oigo a alguien hablando con una flor.

Se acercó lentamente a ella con los ojos clavados en su rostro. Flora observó hipnotizada cómo se acercaba, todo su cuerpo se puso tenso ante la repentina tensión que se creó en el aire. Incluso los pájaros se habían callado.

Massimo se detuvo frente a ella y Flora se sintió de pronto casi mareada. Tras tantos días alimentando el rencor contra él le resultaba impactante volver a verle. Y más todavía recordar lo guapo que era. Deslizó nerviosamente la mirada por los duros músculos de sus brazos y del pecho. Iba vestido de manera informal, con vaqueros azules y una camiseta gris desteñida, y parecía más una estrella de rock independiente que un hombre de negocios multimillonario.

Massimo deslizó la mirada con indolencia sobre ella y a pesar del calor que hacía, Flora sintió un escalofrío.

—Y dime, ¿te responden?

Massimo hablaba con tono amable, sin asomo de burla, pero ella sintió de todas formas que se sonrojaba.

—A veces —murmuró apretando con más fuerza las rosas.

El sol parecía iluminar los huesos de Massimo bajo la piel, enfatizando la finura de sus facciones, la firmeza de la mandíbula y los pómulos ligeramente angulados. Allí había fuerza, y también autoridad, pero también contención... como si estuviera reteniendo algo, una energía oscura. Flora apartó rápidamente la mirada.

—¿Qué están diciendo ahora? —le preguntó él mirándola con aquellos ojos tan azules que Flora pensó que podría ahogarse en ellos.

Trató de ignorar el modo en que el le latía corazón contra las costillas y se aclaró la garganta.

—Dicen: «¿por qué este hombre tan molesto nos ha tenido que pisar?».

Sus ojos se encontraron y a ella se le subió el corazón a la garganta cuando los labios de Massimo se curvaron en una sonrisa irresistible.

—¿De verdad? Yo creía que estaban diciendo: «¿por qué esta mujer tan molesta nos ha cortado la cabeza?».

—Entonces, ¿crees que es culpa mía que tú las pisaras, que soy responsable de tus acciones?

Massimo se rio suavemente.

—Sin duda. Eso es lo que hacen las ninfas, ¿no?

Flora se sonrojó.

—Yo no soy una ninfa. Y no, no es eso lo que hacen. Simplemente personifican la naturaleza.

–Eso es lo que dicen todas las ninfas justo antes de hechizar a algún hombre indefenso con su belleza.

Le estaba tomando el pelo. Flora aspiró despacio el aire y trató de fruncir el ceño, trató con todas sus fuerzas de no responder al tirón de su sonrisa, pero no pudo resistirse.

–¿Ese eres tú? ¿El hombre indefenso? –Flora alzó la barbilla–. ¿Por qué no lo has dicho antes?

Massimo sintió una punzada de deseo en el cuerpo. Se consideraba un hombre de mundo, pero no creía haber visto nunca nada tan erótico como a Flora vestida con una camiseta grande ajustada a la cintura con un viejo cinturón de cuero y los pies desnudos pisando la tierra.

Tenía las mejillas sonrojadas, y Massimo observó su rostro. Vio cómo se le marcaban los hoyuelos. Le estaba seduciendo, poniéndole a prueba. Y durante un instante olvidó que estaba castigándola. Olvidó incluso que quería que se fuera. De hecho, su marcha era lo último que se le pasó por la cabeza. Como un niño corriendo por la playa para llegar al mar, todo su ser estaba centrado en un objetivo: conseguir que aquel maravilloso cuerpo se rindiera a él.

Tenía los ojos del color de la canela, y expresaban calor y dulzura. Y un punto de fuego. Sintió que le tiraba la entrepierna. Sería así en la cama. Dulce y cálida... aquella boca de labios maravillosamente gruesos bajo la suya...

–No quería que te aprovecharas de mí.

Flora tragó saliva. Hacía calor en el jardín, el zumbido de los insectos resultaba soporífero. Pero aunque Massimo tenía los ojos adormilados, sabía que le estaba mirando fijamente, y el calor de la espalda le pareció de pronto una advertencia. Un recordatorio de que

Massimo no era ni sería nunca un hombre indefenso y que era él quien la estaba hechizando a ella.

Se dio la vuelta lentamente para dejar las rosas muertas en el cubo y luego dijo tratado de mantener la voz calmada:

—Ya he terminado aquí. Debería ir a limpiar...

Le dio un vuelco el corazón y se le cortaron las palabras cuando Massimo se puso delante de ella.

—¡Espera!

Era una orden, no una petición, y Flora se preguntó si Massimo cedería su poder alguna vez a alguien. Tenía los ojos del mismo color azul oscuro de las nubes de tormenta que estaban reuniéndose en el horizonte, y se los quedó mirando hipnotizada. Estar cerca de él le resultaba confuso. Se sentía rodeada, casi abrumada, y, sin embargo, no le asustaba ni le agobiaba su poder.

—Deberíamos entrar. Va a llover —dijo con sequedad—. ¿No lo notas?

Massimo sonrió, una sonrisa radiante que le rompió el corazón... y Flora sintió un escalofrío de pánico. ¿Cómo podía ser algo tan irresistible y peligroso al mismo tiempo?

—¿Estás segura de que se trata de eso? —preguntó él con tono suave.

Flora se lo quedó mirando en silencio y luego sintió que le daba un vuelco el corazón cuando él le acarició el pelo.

—¿Qué... qué haces?

—Comprobar si eres real.

—¿Por qué no iba a ser real?

Sintió cómo sus dedos se movían.

—Porque tienes pétalos en el pelo —murmuró Massimo estirando la mano para mostrárselos—. Y vas vestida como una ninfa de los bosques.

Flora sintió que se le sonrojaban las mejillas.

—Solo soy una jardinera —contestó con voz ronca—. Y tú debes de llevar demasiado tiempo al sol si crees que soy una especie de diosa de la naturaleza. Deberías entrar.

Massimo sacudió la cabeza y dio un paso adelante... tanto que Flora podía ver los reflejos color cobalto de sus ojos.

—Tendrás que hacerlo mejor. Si quieres que me vaya, dímelo y me iré.

Ella tragó saliva.

—Quiero que te vayas —mintió.

Hubo un momento de silencio y luego Massimo asintió.

—Ya está. No ha sido muy difícil, ¿verdad?

El aire pareció temblar entre ellos y Flora sintió una mezcla de alivio y de arrepentimiento en su interior.

—Ya ves. Los dos somos unos mentirosos.

Massimo bajó la cabeza lentamente y le tomó el rostro para alzárselo hacia él. A Flora le dio un vuelco el corazón y se encontró de pronto atrapada en el deseo, en la idoneidad de ese deseo, en su calor. La brisa y los pájaros guardaron silencio y a ella se le paró el pulso. Y luego, como si fuera una saltadora de trampolín, se puso de puntillas en la hierba y le besó suavemente.

El fuego le atravesó la piel y la tensión que tenía dentro y que había ido creciendo estalló mientras la boca de Massimo se movía suavemente por la suya. Sintió su lengua deslizarse por la piel de sus labios y gimió suavemente antes de besarle con más fuerza y mordisquearle la boca con los dientes.

Los dedos de Massimo se deslizaron suavemente por su nuca y ella abrió los labios sorprendida cuando la atrajo hacia sí, rodeando su esbelto cuerpo con sus brazos mientras la besaba con más pasión.

Flora se arqueó contra él indefensa. Se estaba perdiendo, se sentía eufórica y sin aliento. Deslizó las manos por los fuertes músculos de su espalda y acarició su cuerpo duro bajo la camisa. Tenía la sangre alterada y los nervios le bailaban al son de su corazón. Y entonces le escuchó gemir y sintió un espasmo casi doloroso en el vientre.

Se dio cuenta distraídamente de que tenía el pelo, el vestido y la piel húmedos. Se apartó con brusquedad. Abrió mucho los ojos y lo miró mareada, luego volvió a recolocarse el vestido por el hombro.

Massimo compuso una expresión de frustración y de burla cuando las gotas se estrellaron suavemente contra su rostro y contra los hombros.

—Solo es lluvia, *cara*.

Ella esbozó una débil sonrisa.

—Esto es una mala idea. Deberíamos ir dentro.

Tenía la voz ronca y vacilante. Durante un instante, Massimo no dijo nada, se limitó a mirarla en silencio sin hacer ningún amago de ocultar ni su deseo ni su triunfo.

Finalmente, asintió.

—Estoy de acuerdo. ¿Tu dormitorio o el mío?

Capítulo 4

S E HIZO una breve y tensa pausa. Durante un breve instante, Flora se imaginó sus dedos entrelazados en los suyos, se los imaginó a ambos subiendo las escaleras...

Y entonces se le enfrió la piel. Un escalofrío le recorrió la espina dorsal y abrió los ojos de par en par cargados de furia y desconcierto.

–¿De qué estás hablando? –preguntó despacio.

«¿Tu dormitorio o el mío?» ¿De verdad le había hecho aquella pregunta? La arrogancia de que diera por hecho que por haberse besado se iba a acostar con él le chirrió por dentro como un piano desafinado.

–¿De verdad crees que tú y yo...? –se lo quedó mirando sin dar crédito–. Eres increíble.

Massimo tenía los ojos entornados y una mirada de enfado.

–¿Por querer tener sexo contigo? Soy un hombre, tú una mujer y acabamos de besarnos como si el mundo se fuera a terminar. Por supuesto que voy a pensar en el sexo –le brillaron los ojos–. Y tú me has besado primero, así que no sé qué esperabas...

–¡No esperaba nada! ¿Por qué iba a esperar algo? ¡No ha pasado nada!

–¿No ha pasado nada? –preguntó Massimo con voz fría y cargada de furia–. ¿A esto le llamas «nada»?

Flora miró hacia el cielo. Por encima de ellos brillaba un arco iris. Sus tonos pastel chocaban con la aspereza de la rabia de Massimo.

–No. Lo llamo un error. Un error que no tengo intención de repetir.

Un ligero sonrojo le sofocó las mejillas y el cuello. No podía renegar del calor que le corría por las venas. Ni que había respondido a él con una fuerza y una intensidad que no había experimentado nunca con ningún otro hombre. Pero Massimo no era un hombre cualquiera. Era un manipulador de sangre fría que quería dejarla sin casa, y Flora tendría que estar loca para olvidarse de eso por culpa de un beso.

Le miró fijamente.

–No tengo que darte explicaciones. Y como yo solo me acuesto con hombres que me caen bien a los que respeto, tampoco voy a tener sexo contigo. Pero supongo que en eso no nos parecemos. Seguramente tú tengas los estándares un poco más bajos que yo.

Massimo sintió la piel del rostro tirante. La sangre le bombeaba en los oídos como un tambor de guerra. No se podía creer que Flora le hubiera rechazado. ¿Tenía alguna idea de cuántas mujeres se volverían locas ante la posibilidad de acostarse con él? Estaba furioso.

–Mucho más bajos. De hecho, acabo de tocar fondo hace un momento.

Flora sintió que le daba un vuelco el corazón dentro del pecho. El desprecio de su tono y sus palabras la dejaron sin aliento y helada.

–Eres un cerdo –dijo ella temblando.

Massimo se la quedó mirando y luego compuso un gesto entre sonrisa y mueca burlona.

–Prefiero el pragmatismo. Por lo que a mí respecta, no necesito respetar a una mujer ni que me caiga bien para querer tener sexo con ella. Y quiero tener sexo contigo. Igual que tú quieres tenerlo conmigo. La diferencia es que tú eres demasiado hipócrita para admitirlo.

A Flora le ardieron las mejillas.

—No solo eres despreciablemente arrogante, sino que también debes de estar sordo. Ya te he dicho que no quiero tener sexo contigo.

Algo cruzó por el rostro de Massimo. Algo sutil pero pensado para azuzar.

—El oído me funciona perfectamente, *cara*. Me has dicho que no te vas a acostar conmigo porque no te caigo bien y no me respetas. Pero no has dicho que no me desees. Y en cuanto a la arrogancia... supongo que he sido un poco presuntuoso. Pero es porque tengo motivos para ello. Las mujeres me adoran.

Flora sacudió la cabeza con incredulidad.

—No. Adoran tu dinero.

—¿Hablas por experiencia?

Flora sintió deseos de atizarle con el reloj solar en la cabeza.

—Muy bien. Como tú quieras. Todas las mujeres que has conocido quieren tener sexo contigo —hizo una pausa. Le brillaron los ojos—. Hasta ahora. Pero no te lo tomes como algo personal. No tengo que respetar a un hombre ni me tiene que caer bien para *no* querer tener sexo con él.

Los ojos de Massimo se endurecieron.

—Mientes muy bien. Supongo que tendrás mucha práctica. Pero cuando uno dice tantas mentiras termina por no poder reconocer la verdad. Y la verdad es que tú me deseas como yo te deseo a ti. Y fingir que no es así no cambiará nada.

Massimo se dio cuenta con asombro de que aquello era verdad también. Que utilizar el sexo para ganarse su confianza ya no le parecía tan importante como liberarse de aquella debilitadora neblina de frustración sexual.

Flora se lo quedó mirando. Sus palabras la habían dejado sin habla. Aquella verdad indiscutible le atravesó la piel y le llegó hasta el hueso.

Massimo la observó con frialdad el tiempo suficiente para asegurarse de que sabía exactamente lo que estaba pensando y luego alzó la vista y miró al cielo.

–Bueno, te dejo con tus flores –le brillaron los ojos–. Y con tu justa indignación. Pero cuando cambies de opinión házmelo saber.

Se hizo un breve silencio y luego Massimo se dio la vuelta y se marchó tranquilamente sin esperar respuesta.

Flora sintió una oleada de histeria crecer dentro de ella.

–¡Te equivocas, Massimo Sforza! –le gritó–. ¡No te deseo y nunca te desearé!

Se estremeció al verle desaparecer bajo el arco, sintió al mismo tiempo el frío de su ausencia y el rápido descender del sol. Puso las manos sobre la fría piedra del reloj solar y dejó escapar lentamente el aire. Aquellos febriles momentos en brazos de Massimo la habían convencido de que tener sexo con él no solo sería un error. Sería un desastre. Y no por quién era, sino por cómo la había hecho sentirse durante aquellos vívidos momentos.

Se mordió el labio inferior. Le resultaba embarazoso admitirlo incluso ante sí misma, pero le deseaba. Con un deseo que era tan caliente y tan real como el sol. Pero no era el deseo ni la vergüenza lo que hacía que se sintiera como un cervatillo asustado. Algo había ocurrido antes incluso de que los dedos de Massimo se deslizaran por su piel. Algo nuevo e inquietante y al mismo tiempo familiar. Algo que le provocó una punzada en el corazón y luego se lo aceleró. Las bromas que habían compartido y el calor de su sonrisa le habían recordado lo que dos personas podían compartir.

El rostro de Flora se ensombreció. «Y perder».

Alzó la vista y vio el arco iris de colores desapareciendo en el cielo tormentoso. Massimo Sforza era algo más que una tentación. Era peligroso: una señal de alarma, un grito de advertencia. E ignorar ese hecho sería como correr hacia el borde de un precipicio persiguiendo el arco iris. Su independencia, el santuario de aislamiento y de paz que era su vida en Cerdeña, eso era lo sólido y confiable. Y necesitaba recordarlo la próxima vez que sintiera el deseo de intimar con su casero.

Massimo cruzó los jardines con la mirada clavada en el camino que tenía delante. La confusión y la rabia tiraban de él y le hacían avanzar sobre la gravilla. Se le repetía una y otra vez el mismo mensaje como las pulsaciones de un telegrama.

«¿Qué diablos acababa de suceder?»

Se subió al asiento del conductor del Lamborghini negro que estaba aparcado en la entrada e hizo un esfuerzo por calmar la respiración y centrarse. Y para bajar el doloroso latido de su erección.

Flora le había besado. Y él la había besado también. Un beso era solo un beso. Entonces, ¿por qué diablos sentía como si la tierra se hubiera abierto bajo sus pies?

No tenía sentido. Flora Golding no era nadie. Hasta hacía unos días no era más que un nombre, un estorbo en sus planes para construir el hotel más grande del mundo. Pero en esos momentos...

El recuerdo de Flora con los labios entreabiertos y los ojos adormilados por el deseo se le coló en la cabeza y una punzada de deseo se desenvolvió con indolencia en su interior. El corazón le latía en la garganta. Se miró las manos y vio que estaban temblando, y sintió un espasmo de furia ante aquella repentina y extraña pérdida de control.

¿Qué le pasaba? Ya era bastante grave que se comportara como un colegial adolescente. Pero no podía librarse de la sensación de que algo había sucedido en aquel jardín. Algo más que una mera atracción sexual. Algo demasiado confuso y alejado del alcance de su mano.

Apretó los dientes y sacudió la cabeza.

¿Qué tenía aquella chica inglesa delgada con el cabello revuelto y ojos de gata enfadada? Antes incluso de conocerla ya había estado metida en su cabeza. Jugando con él. Tirando de la cuerda.

Y Massimo se lo había permitido.

A pesar de haber prometido que no volvería a permitir que pasara. No volvería a dejar que sus emociones surgieran y le arrastraran a aquel lugar de oscura miseria que había sido su infancia.

Se le encogió el estómago como le sucedía siempre que pensaba en su madrastra. Torció el gesto y arrancó el motor para que el ruido del coche anulara el errático latido de su corazón. Había dejado que aquella bruja manipuladora se convirtiera en una obsesión. Pero no volvería a pasar. Lo que creía haber sentido cuando la estrechó entre sus brazos era solo un pensamiento, algo pasajero... como el arco iris.

Cambió de marcha y se puso a pensar en el día que le esperaba. Tenía una reunión con el arquitecto. Luego iba a comer con su agente inmobiliario, y después tal vez sacaría el yate. Se llevaría a un par de «invitadas». Buscaría una playa desierta y daría rienda suelta a sus inhibiciones.

Sintiéndose un poco más tranquilo, pisó ligeramente el pedal del acelerador. La dura piedra del miedo y la duda estaba empezando a desintegrarse, a mezclarse con el polvo que levantaba en el camino.

—Y seis tomates, por favor.

Flora miró sin ganas hacia las coloridas frutas y verduras que había en el polvoriento suelo. No era una gran cocinera, prefería las comidas sencillas y casi rústicas, pero aquel era uno de sus mayores placeres: escudriñar los cajones de limones y alcachofas en el mercado de Cagliari.

Se había levantado temprano perseguida por el recuerdo de lo sucedido el día anterior y salió del *palazzo* sin ningún plan en mente aparte de evitar a Massimo.

Cruzó la calle en dirección a la zona de los cafés y sintió una punzada de envidia al ver a un par de adolescentes en moto riendo y gritando. El día anterior ella también se sentía así, libre y despreocupada. Pero en ese momento todo había cambiado.

Y era por culpa de Massimo.

Se mordió el labio inferior. ¡Aquello era una injusticia! ¡Y un absurdo!

Como si no la hubieran besado nunca antes. Había tenido novios. De hecho, eran novios reales que le habían caído bien y a quienes respetaba. Se le calentaron las mejillas. Pero sus besos nunca habían sido así.

Incluso en ese momento podía sentir el contacto de sus labios en los suyos, ardientes como un ascua. Y lo que era más preocupante, no podía dejar de pensar en lo que Massimo le había dicho después de besarla. Se había mostrado arrogante y vulgar y tendría que haberle repelido. Pero no. Había sentido que algo se despertaba en su interior... una chispa de deseo que le había sabido cálido y dulce en la lengua...

Flora aspiró con fuerza el aire y se detuvo de golpe frente a un café. Se sentó y pidió un capuchino. Había un periódico doblado sobre la mesa, y lo arrojó sobre la mesa vacía que tenía al lado antes de poner encima el bolso.

En aquel momento le sonó el móvil y lo sacó, aliviada de tener una excusa para dejar a un lado sus incómodos pensamientos. Pero el alivio se le pasó en cuanto vio que era Freddie.

Como era su costumbre, empezó a hablar en cuanto ella descolgó.

—Creo que tienes razón. Deberías quedarte donde estás. Y yo voy a ir a ayudarte...

—¡No, Freddie! ¡No vas a venir! —afirmó ella con pánico—. Solo tengo que bajar la cabeza, como tú dijiste que hiciera. Además, creo que hemos llegado a una especie de entendimiento...

—¿A qué te refieres?

Flora se sonrojó. Se refería a que había besado al hombre que debería despreciar. Pero no dijo nada, y entonces se oyó al fondo un teléfono sonando.

—Maldición, tengo que contestar. Pero hazme un favor, Flossie. Piensa en lo que estás haciendo y luego tal vez puedas intentar explicarme por qué estás pasando por todo esto... porque no entiendo qué crees que vas a conseguir.

Flora colgó aliviada. Le iba a resultar imposible explicarle a su hermano lo que estaba haciendo... principalmente porque no podía ni explicárselo a sí misma.

Agarró el bolso para guardar el móvil... y sintió que se le congelaba la sangre cuando vio de reojo aquel rostro familiar mirándola desde los titulares. Agarró muy despacio el periódico y se quedó mirando el inconfundible perfil de Massimo Sforza.

Pero no fue su rostro lo que le hizo llevarse la mano a los ojos. Fue la cara de la mujer a la que estaba besando. Su *prometida*.

Apenas movió los ojos mientras leía la historia. ¡Estaba prometido! Sintió que se le subía la sangre a la cabeza. Era un hombre despreciable. E infiel. Se estremeció. «¿Tú dormitorio o el mío?».

¡Le había preguntado eso! Y peor todavía, durante una fracción de segundo ella llegó a pensárselo.

Flora volvió a doblar el periódico, llamó al camarero y pidió otro café. Se sentía fatal. Había besado a un hombre que estaba a punto de casarse. ¡Esa pobre mujer! Aquella era exactamente la razón por la que le gustaba estar soltera. ¿Y qué si no tenía ninguna cita el Día de San Valentín? Al menos así no había sorpresas desagradables. Ni decepciones. Ni dolor.

Dejó el periódico y asintió automáticamente cuando el camarero le dejó el café delante. Entonces miró la foto de Massimo y la tapó rápidamente con la taza. Una sombra cruzó por encima de la mesa.

–¿Azúcar?

Era el camarero otra vez. Empastó una sonrisa en la cara, alzó la mirada y sacudió la cabeza.

–No, gracias, no quiero...

Las palabras murieron en sus labios y se le borró la sonrisa de la cara. Vestido con una camisa rosa pálido que acentuaba todavía más su masculinidad, Massimo Sforza la miraba fijamente.

–¿Qué es lo que no quieres?

Flora ignoró la pregunta y se sentó con la espalda recta.

–No sé qué haces aquí ni cómo me has encontrado –graznó–. Pero no recuerdo haberte invitado a unirte a mí, así que tal vez quieras marcharte.

Él frunció el ceño.

–¿En serio? Eso no es muy amable. Ayer estabas mucho más cariñosa.

Los ojos le brillaron con malicia y Flora agarró con más fuerza la taza. Le dolía la mano por el esfuerzo de contenerse para no tirarle el café encima, pero la cafetería estaba llena de gente y perder el control delante de tantos testigos no sería un movimiento muy inteligente.

–¿Ah, sí? –Flora se forzó a levantar la barbilla y encontrarse con su brillante mirada–. A veces ocurre...

Massimo sacudió lentamente la cabeza. Una fría sonrisa le asomó a los labios.

–¿Así que quieres jugar a esto? *Grazie.*

Flora parpadeó cuando él asintió brevemente con la cabeza al camarero que había aparecido a su lado para dejarle un expreso y un vaso de agua con hielo sobre la mesa.

–Supongo que debería agradecer que finjas tener amnesia.

Ella le miró fijamente.

–¿Así que eso es lo que tú haces cuando estás con tu «prometida»? –le preguntó con sequedad.

Massimo agarró la taza de café y bebió con avidez.

–Absolutamente –afirmó–. De hecho no recuerdo tener prometida.

Sus ojos se encontraron. Los de Flora furiosos, claros y desafiantes los de él.

–¿En serio? ¿Y ella lo sabe? –Flora apretó los dientes y dejó escapar el aire lentamente–. Me sorprende

que sientas la necesidad de fingir. Eso implicaría culpabilidad y tú no te sientes culpable, ¿verdad? Los sentimientos son para gente pequeña. El tipo de gente que tú
pisoteas para conseguir lo que quieres. Porque eso es lo
único que importa, ¿verdad? Conseguir lo que quieres.

Massimo se la quedó mirando tan fijamente que
Flora sintió que se le derretía la piel. Luego se inclinó
hacia delante, retiró con cuidado el periódico de debajo
de la taza y lo abrió.

—Ahora lo entiendo —murmuró con tono suave.

Alzó la vista y la miró con expresión relajada y con-
tenida. Flora torció el gesto.

—Lo dudo. Tú y yo estamos situados en los extremos
opuestos del espectro.

A Flora le latió con fuerza el corazón contra el pecho cuando los ojos de Massimo se clavaron en los suyos.

—Y los opuestos se atraen.

Capítulo 5

S E HIZO un silencio palpitante. Flora se lo quedó mirando, prisionera del calor oscuro de su mirada, y luego él sonrió. Fue una sonrisa indolente y segura que hizo que le temblara todo el cuerpo.

—No deberías creer todo lo que dicen los periódicos, ¿sabes? –murmuró Massimo–. Aunque me halaga que me encuentres tan interesante.

A ella le ardió la cara por la furia y la vergüenza.

—¡No te encuentro interesante! –trató de agarrar el periódico, pero él se lo impidió.

—No, no. Normalmente no leo esta basura, pero ya que has sido tan amable de comprar un ejemplar...

—¡No lo he comprado! –afirmó ella casi histérica–. Alguien se lo dejó en la mesa.

—Claro, claro –murmuró Massimo. Su tono pacificador estaba claramente ideado para provocar más que para calmar–. Déjame ver qué he estado haciendo últimamente.

Flora se apoyó en el respaldo de la silla y apretó los dientes mientras él pasaba la vista por el periódico.

Finalmente, alzó la vista para mirarla y se encogió de hombros.

—¿Eso es todo? –le espetó ella–. ¿No vas a decir nada más?

Massimo frunció el ceño.

–Soy una figura pública. Salir en las páginas de cotilleo va con el cargo.

Ella le dirigió una mirada glacial.

–No estoy hablando de ética periodística. Estoy hablando del hecho de que estás prometido y vas a casarte.

Una sombra de burla cruzó por el rostro de Massimo.

–¿Quieres hechos? Muy bien. No estoy prometido, así que naturalmente no habrá boda este verano –puso los ojos en blanco–. Ni tampoco he salido con su hermana ni con su madrastra.

Flora tragó saliva.

–De acuerdo. No es tu prometida, pero es tu novia –insistió.

Massimo le dio un sorbo a su café y frunció el ceño.

–¿Alessa? No. Solo es alguien... fácil –miró a Flora a los ojos y sacudió la cabeza con impaciencia–. No me refiero a «fácil» de esa clase. Lo que quiero decir es que no es una persona complicada. Está soltera y es divertida. No tiene un plan oculto y es fotogénica. ¡Una pareja de ensueño! Al menos según mi equipo de relaciones públicas.

Flora se lo quedó mirando sin dar crédito a lo que oía.

–Se llama Allegra.

Massimo no cambió de expresión.

–Como sea. Responde a cualquier nombre.

Flora sintió que palidecía.

–Eres despreciable.

El rostro de Massimo se endureció.

–Creí que querías conocer los hechos.

Ella sacudió la cabeza.

–No quiero nada de ti.

Massimo la observó detenidamente. Estaba mintiendo. Su cuerpo la traicionaba. Le deseaba. Igual que él la deseaba a ella. O, al menos, ella le deseaba hasta que hizo aquel comentario cruel y estúpido. Se revolvió en la silla.

—Lo siento. Eso que he dicho ha sido una bajeza.

Flora le miró a los ojos y Massimo vio las motas verdes bailando alrededor de sus profundidades.

—¿Por qué hablas así de una persona? Si la tienes en tan poca consideración, ¿por qué sales con ella?

Massimo sintió una punzada de algo agudo a lo que no le pudo poner nombre. Sí, ¿por qué lo hacía?

Apartó de sí aquel pensamiento y miró hacia los transeúntes que caminaban por la calle.

—Esa es precisamente la razón por la que salgo con ella, *cara* —afirmó con tono tirante.

—¡Eso no tiene ningún sentido!

Massimo vio la confusión en su mirada, la escuchó en su voz. Pero ¿cómo explicar cómo se sentía? Querer de verdad a alguien nunca iba a formar parte de su vida. Ni ahora ni en el futuro. Su pasado se había asegurado de que así fuera. El mero hecho de pensarlo en aquel momento le hacía sentir náuseas. Igual que cuando era un niño...

El recuerdo perfectamente claro de suplicar en el teléfono del internado rogándole a su padre que le dejara ir a casa por vacaciones provocó que de pronto le resultara difícil respirar.

Se quedó mirando durante un instante la taza ya vacía, esperando a que su cuerpo olvidara lo que su mente era incapaz de olvidar. Finalmente, se obligó a mirar a Flora a los ojos.

—Tiene todo el sentido. Piensa en las relaciones como en una cuenta bancaria. Si la que tienes ofrece un tipo de interés bajo, no vas a invertir mucho dinero en ella, ¿verdad?

Flora sacudió la cabeza. Los ojos le echaban chispas de furia.

–¿Y eso es esa mujer para ti? ¿Una cuenta de bajo interés? ¿No sería más satisfactorio estar con alguien en quien tengas interés en invertir?

Flora se mordió el labio inferior y Massimo sintió que se le endurecía el cuerpo al recordar cómo aquella boca suave y rosada se rendía a sus ávidos besos.

–Es muy amable por tu parte preocuparte por mí –dijo lentamente–. Pero te aseguro que consigo dividendos regularmente.

Se hizo un breve silencio. Massimo observó cómo el color subía por el cuello y las mejillas de Flora antes de que alzara la barbilla y le lanzara una mirada retadora.

–Oh, no estoy preocupada por ti... estoy segura de que esa relación le viene como anillo al dedo a tu personalidad.

Massimo soltó una carcajada. Flora era una mezcla extraña: era obstinada y escurridiza como aquellos gatos que rondaban por el Coliseo, y al mismo tiempo le tentaba con aquellos ojos tan dulces y aquella sonrisa.

Sintió un extraño alivio interior. Le resultó raro, normalmente encontraba difícil, por no decir imposible, hablar de algo tan personal como las relaciones. Hablar implicaba pensar, y pensar significaba sentir. Y los sentimientos eran como el mar en verano: tranquilo en la superficie pero lleno de corrientes y de rocas afiladas por debajo.

Pero en ese momento no sentía aquello. Sentía como si Flora hubiera entrado en su vida abriendo todas las ventanas y quitando las sábanas que protegían los muebles del polvo. Y en lugar de expuesto, se sentía contento... entusiasmado incluso.

–¿Sabes qué? Es una pena que malgastes tu talento

en los jardines hablando con las flores. Deberías entrar en política. O tal vez podrías venir a trabajar en mi departamento de relaciones públicas.

Ella se retorció los dedos.

—¿Qué? ¿Para que puedas mangonearme en el trabajo igual que haces en mi propia casa? ¡Ni hablar!

—¿Crees que mangoneo a mi equipo?

—Creo que mangoneas a todo el mundo con tal de salirte con la tuya —le espetó ella con amargura—. Seguramente ibas en pañales la última vez que tuviste que hacer algo que no querías.

El ruido del café pareció desaparecer a su alrededor, y a pesar del calor del mediodía, Massimo se estremeció cuando las palabras de Flora golpearon contra el oscuro moratón de su pasado.

—De hecho, es algo más reciente —afirmó con voz cansada. Y sintió cómo el aire se enardecía.

Flora levantó la cabeza de golpe.

—¿Qué quiere decir eso?

Massimo sintió una punzada de furia en su interior y se agarró a ella agradecido.

—Quiere decir que te estás pasando de la raya —afirmó con frialdad—. No estoy aquí para hablar de mi personalidad, ni siquiera de la tuya. A menos que sea relevante para lo sucedido ayer.

Se reclinó hacia atrás e hizo un gesto indolente para que le llevaran otro vaso de agua.

Se hizo otro largo silencio. Massimo observó que el rostro de Flora se ponía tenso y sintió una chispa de satisfacción. «¡Que sufra un poco!». Flora estaba tan decidida a reprenderle por su supuesto compromiso que había olvidado su pequeño encuentro en el jardín. Lamentablemente para ella, él no.

Finalmente, Flora le miró a los ojos.

–Muy bien... mira, estuvo mal. Yo lo hice mal. No sé por qué sucedió, pero no volverá a pasar.

Massimo agarró un trozo de hielo del vaso y se lo puso entre los labios.

–¿Cómo lo sabes? –preguntó con indolencia.

Ella le miró desconcertada.

–¿Qué?

–¿Cómo sabes que no volverá a pasar si no sabes por qué pasó? –Massimo observó su rostro y disfrutó de su incomodidad.

Flora apretó los dientes. No podía seguir negando que le deseaba. ¿Cómo iba a hacerlo, si podía sentir el calor del deseo recorriéndole las venas? Pero acostarse con Massimo... la mera idea disparaba todas las señales de alarma en el interior de su cabeza.

Tenía la boca seca. Lo que más deseaba del mundo era salir huyendo, y no solo de la corriente interna de tensión que había entre ellos, sino de la intensidad de su respuesta hacia él. Si pudiera al menos meterse debajo de la mesa y esconderse allí...

–No lo sé –reconoció tajante.

Massimo frunció el ceño.

–Entonces, ¿podría volver a pasar? Eso es un poco preocupante, ¿no te parece? –las comisuras de sus labios se elevaron–. Quiero decir, ¿y si pierdes el control e intentas aprovecharte de mí?

Flora alzó el rostro hacia el suyo y Massimo vio el miedo y el deseo en sus ojos, y también lo notó en el modo en que le latía el pulso en la base del cuello. Le deseaba. Pero iba a luchar contra ello con todas sus fuerzas. La idea le exasperaba y le excitaba al mismo tiempo de un modo insoportable.

Flora se humedeció los labios y le observó confundida. Aquel repentino cambio, pasar de atormentarla a seducirla provocó que todo su interior se pusiera del revés. Y entonces Massimo sonrió lentamente y deslizó la mirada por su piel como si fuera una llama desnuda, dejándola sin aliento.

Se agarró desesperadamente a la mesa como si fuera un salvavidas y le dio un vuelco el corazón cuando Massimo extendió la mano y le tomó la suya.

—¿Por qué paramos esto, *cara*? Los dos somos adultos. Y los dos queremos lo mismo. Así que dejemos de jugar...

Sintió su mano cálida y ligera sobre la suya. El pulgar se movía lentamente acariciándole la piel como una ola caliente.

Le daba vueltas la cabeza. Sería tan fácil rendirse al brillo dorado de su contacto... Aspiró con fuerza el aire y se sintió indefensa. No podía permitir que aquella sonrisa tan bella y letal la cegara y no viera los peligros de tener una relación con él.

Porque, ¿dónde terminaría eso? Seguramente se cansaría de ella en cuanto le entregara su cuerpo. Y eso sería humillante. Y, sin embargo, la humillación sería el mejor resultado allí. ¿Qué pasaría si se enamoraba? Se le encogió el estómago. Le vino a la cabeza el recuerdo de su padre tirado en un sofá agarrado a la chaqueta de su madre y con el rostro bañado en lágrimas. Flora se puso tensa. Entonces su dolor se multiplicaría por mil.

Se estremeció.

¡Amor! Había leído poemas y escuchado las canciones de la radio. Pero el amor no era una cuestión de devoción, ni siquiera de pasión. Era también cuestión de sacrificio. Y, si vivías ese tipo de amor, un amor que te hacía explosión dentro y te enviaba oleadas paralizadoras hasta la punta de los dedos, entonces en algún momento terminarías pagando. Y se llevaría todo lo que tuvieras. Tu fuerza, la salud, la felicidad y la cordura.

Flora se mordió el labio inferior y retiró abruptamente la mano de la suya.

–Tienes razón. Los dos queremos lo mismo. Pero la diferencia entre nosotros es que yo sé que eso no es suficiente razón para tener sexo –dijo precipitadamente.

El deseo que tenía de irse alentó sus palabras.

Llamó al camarero, se levantó de la silla y dejó un puñado de monedas sobre la mesa.

El rostro de Massimo se endureció.

–¿Por qué luchas contra esto?

–Porque no está bien –le espetó ella–. No está bien y es una estupidez.

–Anoche no pensabas eso.

Massimo tenía la voz cargada de frustración, pero fue el hielo de sus ojos lo que la dejó sin aliento.

–Eso fue entonces –afirmó acalorada.

–Vamos, por favor –la atajó él–. Si te besara ahora tú también me besarías a mí.

La verdad le sentó como una ráfaga de aire frío. Aspiró con fuerza el aire. ¿Por qué estaba luchando contra ello? ¿Importaría mucho si le tomaba del brazo y le llevaba a un hotel discreto de la ciudad? Durante un instante le pareció que incluso sentía el peso de la llave en la mano. Podía sentir el calor entre sus cuerpos desnudos...

Flora estiró los hombros. El sexo hacía que todo pareciera muy simple. Lo único que hacía falta eran unos cuerpos y la mezcla adecuada de hormonas. Pero por mucho que deseara sentir el peso de su cuerpo en el suyo, no se iba a rendir. Ni todo el éxtasis del mundo compensaba arriesgarse al dolor que había experimentado su padre.

Dejó escapar lentamente el aire mientras, a su espalda, un autobús se detenía ruidosamente en la plaza.

–Sí. Te besé –afirmó desafiante–. Y no voy a fingir que no disfruté ni que no te encuentre atractivo. Pero eso no es suficiente. Para mí no basta para acostarme contigo. Podría bastar si los dos estuviéramos en el mismo barco. Pero ambos sabemos que tus motivos no tienen nada que ver con la pasión, sino con vengarte de mí por haberme interpuesto en tu camino.

Massimo se la quedó mirando atrapado entre la rabia y la admiración. Flora tenía razón al cuestionar sus motivos, aunque también se equivocaba: no quería vengarse. Tal vez al principio solo quería explorar aquella poderosa atracción sexual que había entre ellos y de paso volverla más maleable. Pero en esos momentos sus motivos parecían haberse vuelto más complejos y confusos. Del mismo modo que la erección que sentía era también en ese momento más intensa y dolorosa.

Al ver que su rostro se endurecía, Flora sintió que se le subía el corazón a la garganta... y luego la tensión pareció disminuir dentro de ella. De pronto se sintió en calma por primera vez desde hacía días. No estaba mal querer sexo por sexo. Pero en el fondo sabía que el deseo de Massimo hacia ella estaba motivado más por el poder que por la pasión. La negativa de Flora a marcharse había azuzado su deseo de salirse con la suya: si no podía tener el *palazzo*, podría tenerla a ella a cambio. Y eso no estaba bien.

El corazón le latía con tanta fuerza que le hacía daño. Sintiéndose casi mareada, Flora tomó de pronto una decisión.

—Como te he dicho, no es una razón para quedarse, pero para mí sí es una razón para marcharme —agarró el bolso de la mesa y se levantó bruscamente—. Enviaré a alguien a recoger mis cosas. Felicidades. Has conseguido lo que querías.

Escuchó cómo Massimo maldecía en voz baja, vio cómo extendía la mano para detenerla, y luego se dio la vuelta y cruzó la calle en dirección hacia el autobús, colándose entre sus puertas cuando empezaba a darle la vuelta a la plaza.

Flora cerró la ducha, se envolvió en la toalla que le habían dado en la pensión y miró su reflejo en el pequeño y desconchado espejo que había encima del lavabo. La noche anterior estaba exaltada, pero en ese momento veía las cosas de otro modo. La euforia había desaparecido dando lugar a la triste certeza de que, aunque había conseguido decir la última palabra, se había quedado sin casa en el proceso. Se sentó en la cama y vio cómo los camareros de los cafés de la calle colocaban las mesas en la acera.

¿Qué iba a hacer ahora? No podía quedarse encerrada en la pensión para siempre. Tarde o temprano tendría que volver al *palazzo* a recoger sus cosas. Y entonces cayó en la cuenta. No solo ella se había quedado sin casa: sus semillas y plantas, incluidas las orquídeas, estarían también pronto en la calle.

Se mordió el labio inferior. A menos que Massimo accediera a que se quedaran en los invernaderos. Pero era poco probable. Seguramente se reiría en su cara. Se le llenaron los ojos de lágrimas y se las secó enfadada antes de aspirar con fuerza el aire. Iría aquella noche, se llevaría las orquídeas y dejaría el resto de su vida atrás. Empezaría de nuevo. Viviría ligera. Sería una aventura. Además, por mucho que le encantara el *palazzo*, la idea de ser su responsable le había hecho sentirse siempre tensa e incómoda.

Sintiéndose un poco más contenta, empezó a secarse el pelo.

Consiguió llegar en autostop casi hasta el *palazzo*,

pero eran casi las nueve cuando por fin logró colarse por la puerta lateral. La casa estaba oscura y extrañamente silenciosa, algo que hacía semanas que no sucedía, y Flora suspiró aliviada.

¡Massimo no estaba! Seguramente andaría celebrando su partida. Pero al menos no tendría que verle la cara.

Se abrió camino entre los muebles y avanzó por la casa hasta que vio un destello de luz. Lo primero que pensó fue que al menos no se rompería el cuello subiendo las escaleras, y cuando llegó al recibidor algo parecido al miedo le recorrió la espina dorsal.

La puerta de entrada estaba abierta y la luz de la luna se filtraba hasta el vestíbulo. El coche de Massimo estaba aparcado en la entrada al lado de la limusina. Así que se encontraba en casa.

Flora se dio la vuelta y se quedó mirando la casa oscura. Y entonces sintió una sacudida de miedo al oír que alguien se movía sigilosamente en la oscuridad. Se quedó paralizada. Había alguien dentro del *palazzo*. Alguien que no quería ser visto.

Durante un segundo se quedó pegada al suelo con la respiración jadeante. Luego apretó los dientes y vio una escoba apoyada en el pasamanos, brillando bajo la luz de la luna como una especie de arma mitológica y mágica. Flora dejó escapar lentamente el aire, la agarró, cruzó rápidamente el vestíbulo y abrió la puerta de la cocina de una patada.

En cuanto entró sintió unas manos agarrándola. Unas manos fuertes de hombre que le rodearon la cintura y el cuello con fuerza. Siguiendo un impulso de terror, le hundió los dientes en el brazo.

—¡Suéltame!

El hombre soltó una palabrota y al sentir que aflojaba el agarre, Flora se soltó. Se escuchó un chasquido y se tambaleó hacia atrás soltando un grito.

—¿Flora?

Le latía el corazón contra las costillas con fuerza. Entonces escuchó maldecir al hombre en la oscuridad, echó la mano hacia atrás y encendió las luces.

—¿Massimo? —exclamó entornando los ojos cuando la luz inundó la cocina—. Pero ¿qué...?

Él estaba de pronto a su lado agarrándole los brazos. Tenía los ojos del color del cielo de tormenta.

—¿Qué diablos haces entrando a hurtadillas en medio de la noche? ¡Podría haberte roto el cuello!

Flora se soltó de sus brazos y le golpeó con fuerza el pecho.

—¡Pero qué dices! Eres tú quien anda escondido en la oscuridad. ¿Cómo te atreves a decirme lo que puedo y no puedo hacer? ¡Me has atacado!

Massimo la miró con incredulidad.

—Entonces, ¿cómo es posible que sea yo quien esté sangrando?

—¡Me estabas haciendo daño!

Solo estaban a unos centímetros el uno del otro. Flora podía sentir el calor de su cuerpo. Olía a sal y a cuero, y a pesar de la furia notó que el calor crecía dentro de ella.

Massimo alzó la mano.

—¡Tú me has mordido!

—¡Bien! —le espetó ella—. Es lo menos que te mereces después de cómo me has tratado.

Massimo avanzó hacia ella y Flora escuchó cómo aspiraba con fuerza el aire.

—Si fueras un hombre...

Flora entornó los ojos.

—Barrería el suelo contigo.

Massimo la agarró de las muñecas con un movimiento rápido y la atrajo hacia sí.

—¡Ya basta! Deja de actuar como una gata salvaje o...

Ella trató de liberarse pero Massimo atrajo su cuerpo con más fuerza hacia él.

Se quedaron mirándose, la tensión les presionaba la piel, el aire que los rodeaba se enardeció.

—¿O qué? —murmuró ella con voz ronca—. No puedes...

—Oh, claro que puedo —jadeó Massimo bajando la cabeza y cubriendo su boca con la suya para acallar sus protestas con un beso que le supo a fuego y a peligro.

Tenía su cuerpo tan apretado contra el suyo que Flora podía sentir la firmeza de su erección. Se quedó sin aliento cuando los dedos de Massimo se deslizaron entre su escote y llegaron a la fina tela del sujetador. Le deseaba. Más de lo que había deseado nunca a ningún hombre. Su contacto era como el fuego sobre su piel, derritiéndola por dentro. El cuerpo le ardía de deseo.

Y entonces oyó el reloj de la cocina marcando la hora y aquello la salvó.

—No —se apartó de él y dio un torpe paso atrás.

—¿Qué...?

Massimo no se movió, pero Flora vio en sus ojos una chispa de algo que no supo identificar.

—No. No vamos a hacer esto. Ya te lo dije.

Estaba enfadado: respiraba con dificultad y tenía la mirada hostil y frustrada.

—Entonces, ¿para qué diablos has vuelto?

Flora parpadeó. ¿Por qué había vuelto? Hizo un esfuerzo por centrarse y le miró a los ojos.

—Para llevarme mis orquídeas.

Massimo se la quedó mirando con las mandíbulas apretadas y con expresión desconfiada.

–Son orquídeas que florecen de noche –afirmó ella alzando la barbilla–. Son muy poco comunes. Me costó casi un año convencer al profesor de Korver para que me enviara algunas semillas.

Él frunció el ceño.

–¿Son peligrosas?

Flora le miró boquiabierta.

–¡No! ¿Por qué iban a ser peligrosas?

Se hizo un breve y tenso silencio y luego Massimo se encogió de hombros.

–Pensé que tal vez estuvieras reuniendo un ejército de orquídeas ninja. Todas armadas con escobas y listas para atacarme.

Flora tragó saliva. Estaba bromeando, intentando aliviar la tensión. Y ella estaba cansada de pelear.

–Solo quiero recoger las orquídeas y marcharme –dijo con tono seco.

–Entonces, iré a buscar mi chaqueta.

Ella le miró horrorizada.

–No necesito que me acompañes. Conozco el camino...

–Y yo necesito saber dónde estás. Así que o voy contigo o te marchas sin tus preciosas orquídeas.

Cruzaron en silencio los jardines. A pesar del calor casi tropical que hacía en el invernadero, Flora se estremeció en la oscuridad. Ya había sido bastante fuerte estar a solas con Massimo en la iluminada cocina. En ese momento, con el calor pegajoso del invernadero y con las hojas rozándole la cara, le parecía que Massimo era un depredador gigante que la acechaba en la jungla.

Se abrió camino entre el follaje con una linterna en la mano. Escuchó una maldición a su espalda cuando Massimo se tropezó con un cubo de agua.

Se dio la vuelta con el ceño fruncido y le dijo malhumorada:

—¡Ten cuidado! Vas a romper algo.

—Sí, me voy a romper el cuello —murmuró él irritado—. ¿Para eso me has traído aquí? ¿Para acabar conmigo?

—¡No me eches la culpa a mí! Fue idea tuya acompa...

Flora se detuvo abruptamente.

—¡Oh! ¡No puedo creerlo! Está floreciendo. ¡Está floreciendo!

Massimo la rodeó y se quedó mirando desconcertado una pequeña planta amarilla y verde.

—¿Sí?

Ella asintió feliz.

—Sé que no parece gran cosa, pero es una planta increíble. Es muy obstinada, está decidida a sobrevivir. Y es muy peculiar. No hay otra orquídea ni remotamente parecida —dejó escapar un suspiro de alegría—. No me lo puedo creer. Estoy feliz.

Massimo se la quedó mirando en silencio. El aire que los rodeaba se sentía cálido y perfumado, y algo en su entusiasmado y espontáneo silencio le conmovió. El corazón le latía con fuerza y dio un paso adelante, rozándole el brazo con el suyo.

—Entonces, ¿ya está? —preguntó con sequedad—. ¿Quieres llevártela o...?

Ella le miró. Los ojos de Massimo parecían casi negros con la luz de la linterna, las sombras le hacían parecer más joven, más vulnerable. Flora sintió que el estómago se le ponía del revés, como si hubiera saltado de un trampolín. Debería salir corriendo. O volver a morderle. Cualquier cosa con tal de detener aquel calor suave y delicado que le subía por la piel. Necesitaba centrarse en los hechos. Massimo era el enemigo. Peor, era un enemigo que se las había arreglado para rasgar como si fueran de papel todas las capas de lógica y razón que ella había colocado cuidadosamente a su alrededor.

Pero ¿qué eran sino recuerdos del dolor de su padre? Tal vez había llegado el momento de dejar descansar a los fantasmas. Después de todo, Massimo no era el amor de su vida, aquello iba a ser solo sexo.

Alzó la vista y miró aquellos ojos azul oscuro del color del cielo de la noche, y de pronto quiso sumergirse en ellos, perderse bajo su superficie de tinta.

—¿O qué? —murmuró Flora con un tono que reflejaba miedo y deseo.

—O esto —susurró él bajando la cabeza y besándola.

Fue un beso distinto. Más suave. Más lento. Más dulce. A Massimo se le aceleró el pulso cuando los labios de Flora se abrieron y sintió cómo le tiraba dolorosamente la entrepierna. Gimió y la atrajo hacia sí, rodeándole la cintura con los brazos para presionarla contra todo el volumen de su erección. Apartó los labios de su boca y la besó en el cuello, lamiendo y mordisqueando su piel suave como un pétalo. Podía sentir los dedos de Flora acariciándole el pelo, podía sentir los jadeos de su respiración cuando se apretó todavía más contra él.

—Massimo...

Su cuerpo se puso tenso al mismo tiempo que sentía cómo se le derretía el cerebro. Escucharla decir su nombre fue como un chute de adrenalina directo al corazón.

Y luego Flora gimió suavemente y se apartó de él.

—Aquí no.

Salieron corriendo tambaleándose a través de los jardines y entraron en la cocina.

—¿Dónde quieres...? —comenzó a decir Massimo.

Pero Flora avanzó hacia él con los ojos brillantes y

la estrechó entre sus brazos, hundiendo su boca en la suya.

Flora abrió los labios y, jadeando, Massimo le metió una rodilla entre las piernas, presionándola contra la mesa. Le sostuvo la cara entre las manos y volvió a besarla una y otra vez con una urgencia que no había sentido nunca antes. Deslizó hacia abajo los labios y le besó el cuello, lamiéndole la sal de la piel. El deseo le cortó como un cuchillo cuando sintió cómo ella contenía la respiración.

Flora sintió que el cuerpo se le ponía tenso cuando él le deslizó una mano bajo la camiseta y sintió una oleada de calor. Contuvo el aliento y un deseo húmedo, dulce y cálido creció en su interior mientras Massimo se movía entre sus piernas, presionando su cuerpo contra el suyo.

Flora se apretó contra él, deseando calmar la punzada de calor que sentía en la pelvis, y contuvo el aliento cuando Massimo le bajó el vestido por los hombros hasta la cintura y una repentina corriente de aire fresco recorrió su piel sobrecalentada. Se agarró a los duros músculos de sus brazos y se estremeció cuando los dedos de Massimo se deslizaron por sus senos, acariciándole los pezones. Luego gimió suavemente cuando sintió su labio alrededor de la rígida punta.

Podía sentir el latido de la sangre de Massimo sobre su piel. De pronto quería más, y se arqueó contra él tirándole frenéticamente del cinturón.

Massimo gimió y se bajó los pantalones, luego le quitó a ella las braguitas. Le deslizó la mano entre las piernas y Flora se apretó contra su palma. El calor iba creciendo en su interior, disolviéndose y convirtiéndose en miles de chispas.

–Tócame...

Ella le recorrió con los dedos la suave piel del vientre y bajó un poco más, hasta llegar a los oscuros rizos y luego bajó un poco más hasta que Massimo gimió suavemente y le sostuvo la cabeza entre las manos mientras un espasmo de placer le sacudía el cuerpo entero.

Cuando Flora le rodeó el cuello con los brazos, Massimo la recolocó y buscó algo en el bolsillo. Sacó un preservativo y se lo puso con manos ligeramente temblorosas. Luego la levantó por las nalgas y la subió con un fuerte movimiento a la mesa. Entonces la embistió y Flora se le agarró a los hombros, clavándole las uñas en la piel.

Con cada embate de sus caderas se hundía más y más profundamente en ella, y Flora se apretó contra él moviendo las caderas más y más deprisa hasta que su cuerpo se estremeció y, cerrando los ojos, se agarró a él con fuerza mientras Massimo gemía otra vez y se tensaba dentro de su cuerpo.

Durante un momento se quedaron allí quietos, satisfechos y saciados, abrazados, con los cuerpos estremeciéndose tras la oleada de su pasión. Flora sintió que le rozaba el pelo con los labios.

No quería mirarle, no quería ver su error reflejado en alguna mueca de desprecio. Al menos no por el momento. No mientras las manos de Massimo siguieran acariciándola y pudiera sentir todavía el calor de su cuerpo y el suave latido de su corazón.

Enseguida se apartaría.

Pero no lo hizo. Y finalmente Flora se forzó a alzar la vista y mirarle. Massimo la estaba observando con rostro calmado y serio. Al principio no dijo nada y ella se puso tensa. Le daba miedo su vacilación. Y entonces, levantándole la cara, Massimo bajó la boca y la besó.

—Vamos a la cama —dijo en voz baja—. Juntos.

Y, agachándose, la tomó en brazos y salió de la cocina en dirección a las escaleras.

Un poco más tarde, todavía temblando por la intensidad de lo que habían compartido, Flora le miró dormir acurrucada entre sus brazos. Se sentía maravillada, satisfecha y feliz. Aunque nada había cambiado realmente, se dijo con cautela. Solo habían tenido sexo. Y por muy calentita y segura que se sintiera en aquel momento, Massimo seguía siendo tan implacable y obstinado como siempre, igual que un tigre del zoo era igual de peligroso que un tigre en la jungla.

Flora se giró hacia él con cuidado para no despertarle y le miró. No le parecía real estar allí con él. Era como un sueño.

Pero ¿qué pasaría cuando Massimo se despertara?

Se puso tensa y sintió un escalofrío de miedo. Entonces Massimo se giró dormido a su lado y le agarró con gesto posesivo la cadera. El miedo desapareció.

Se acurrucó en su pecho, y mientras cerraba los ojos se preguntó adormilada qué habría estado haciendo exactamente Massimo en la cocina a oscuras. Pero era demasiado tarde para obtener respuesta a esa pregunta, porque un instante después, arrullada por el calor de su cuerpo y los reconfortantes sonidos del primer pájaro de la mañana cantando, se quedó rápida y profundamente dormida.

Capítulo 6

MASSIMO dejó escapar un suspiro.

Por fin se había dormido Flora.

Se quedó mirando al techo, apretó los dientes y trató de entender qué estaba pasando exactamente. No era lo normal, eso desde luego. Llegados a aquel punto, normalmente había olvidado el nombre de la mujer en cuestión y, saciado tras una noche de pasión, estaría esperando la menor oportunidad para marcharse.

Y debería haber sido lo mismo con Flora, al menos en teoría. La noche anterior la había estrechado entre sus brazos con el único propósito de librarse de la obsesión que sentía por ella.

Pero con Flora las cosas no habían sido directas desde el principio. Y ahora, en algún momento entre la noche anterior y aquella mañana, todo había cambiado otra vez.

Las cosas parecían distintas entre ellos. Para empezar, dudaba mucho que llegara a olvidar su nombre... no después de lo sucedido la noche anterior. Massimo sonrió. Y dos veces aquella mañana.

Le dio un vuelco el corazón. Su vida sexual no era precisamente convencional. Pero Flora era la mujer más erótica que había conocido. Su enfebrecida respuesta a su contacto le había dejado sin aliento. Era como fuego y luz en sus manos, su cuerpo se derretía con el calor. Había sido increíble.

Su cuerpo se endureció dolorosamente al recordarlo y Massimo frunció el ceño. ¿Qué diablos le estaba pasando?

Sí, Flora era sexy... ¿y qué? Había compartido la cama con muchas mujeres bellas. Ella no tenía nada de especial.

Apretó los dientes. Entonces, ¿por qué tenía que contener el impulso de abrazarla, de despertarla con un dulce beso? Nunca había sentido algo así. Por muy bueno que hubiera sido el sexo, ni una sola vez había deseado dejarse llevar por ningún tipo de afecto poscoital.

Massimo decidió centrarse en otros asuntos más predecibles, por ejemplo, el trabajo. Repasó mentalmente la agenda del día. Tenía una videoconferencia programada a las diez, y luego una comida con el representante de un banco de inversión.

Tenía que prepararse para ambas cosas. Pero le resultaba imposible concentrarse en algo que no fuera el cálido cuerpo de Flora apretado contra el suyo.

Massimo sintió una oleada de deseo feroz, y al mirarla contuvo el aliento. Ninguna mujer había sido nunca antes una prioridad frente a su trabajo, el imperio que había construido de la nada. Algo se movió en su interior, apareció una sombra. Massimo torció el gesto.

Sabía lo que había pasado. Y cuándo. Había sido el día anterior, en ese café. Durante una décima de segundo había permitido que Flora se le metiera dentro. Nunca hablaba de asuntos personales, pero por alguna inexplicable razón había bajado la guardia. Maldición. Nunca daba pistas sobre su desgraciada infancia. Massimo soltó lentamente el aire por la boca. Afortunadamente, había recuperado el sentido común antes de perder completamente el control y contarle la sórdida historia de su vida.

Pero eso no volvería a suceder. Flora podría ser muy guapa y muy sexy, pero también era peligrosa. Massimo apretó los labios. No había sido capaz de volver a confiar en nadie tras la traición de su padre, y no veía atisbos de que eso fuera a cambiar nunca. Mejor así. Que el dolor del pasado se quedara en el pasado.

Flora se giró a su lado dormida gimiendo suavemente. Massimo la miró y sonrió. Ya no estaba confundido. Había sido descuidado, nada más. Flora se uniría pronto a la larga lista de mujeres con las que había compartido una aventura de una noche. Pero antes de que eso ocurriera no estaba dispuesto a renunciar a lo que ella le ofrecía. Después de todo, era un hombre con sangre en las venas, ¿por qué luchar contra la naturaleza?

Así que le levantó suavemente el brazo, se giró en la cama y la despertó con un beso.

Mucho más tarde, Flora volvió a despertarse con el sonido del agua corriendo. La cama estaba vacía, se estiró lentamente, apartó la sábana y se sentó. Podía ver a Massimo en la ducha. Su maravilloso cuerpo masculino estaba desdibujado a través del cristal, pero sintió un estremecimiento de placer al recordar su piel dorada y los fuertes músculos de su pecho y de la espalda.

Durante un instante se quedó tumbada mirándole, disfrutando del recuerdo de sus caricias, de sus manos firmes cargadas de deseo recorriéndole la piel de un modo íntimo y posesivo...

Flora se sonrojó, cerró los ojos y apretó la cara contra el fresco algodón de la almohada.

No se avergonzaba de nada. Pero no se había imaginado que el sexo pudiera ser así. Tan salvaje, intenso y bello. Desde luego, para ella no era así antes. Se le calentaron todavía más las mejillas. La verdad era que no se reconocía a sí misma.

Se había mostrado como una criatura salvaje poseída por un fiero deseo como nunca antes había conocido, un ansia que la había engullido de tal modo que se perdió en la oscuridad.

Flora se puso boca arriba y aspiró con fuerza el aire. Pero había sobrevivido. Mejor todavía. Estaba fenomenal. Se sentía tranquila y feliz. Porque lo que más temía no había sucedido. Tenía miedo de que en algún punto se mezclaran los sentimientos con aquel enfebrecido encuentro carnal.

Se estremeció. Pero eso no había pasado. Se había rendido a sus caricias, pero ya sabía que no le daría nada más. ¿Por qué iba a hacerlo? ¿Quién necesitaba sentimientos cuando podía tener aquel fuego de pasión?

Tenía los ojos todavía cerrados cuando se dio cuenta de que la ducha se había detenido. Y entonces, sin tener tiempo de procesar las implicaciones de lo que eso significaba, supo que Massimo estaba en la habitación. Se le puso la carne de gallina y el estómago le dio un vuelco. Abrió los ojos nerviosa.

Massimo estaba apoyado en el quicio de la puerta mirándola con una elegancia animal que la hizo estremecerse. Solo llevaba puesta una toalla a la cintura, tenía el pecho desnudo todavía húmedo y las suaves líneas de sus músculos parecían esculpidas en mármol.

Pero no eran solo sus músculos los que parecían de piedra. Tenía el rostro endurecido y no sonreía, y Flora se dio cuenta de pronto de dos cosas: una, que ella estaba conteniendo la respiración. Y dos, que en su afán por examinar su propia respuesta a lo ocurrido se había olvidado de Massimo.

Empezó a perder la sensación de calma que tenía. Era fácil decirse a sí misma que la pasión era suficiente. Que podía elegir qué sentir y cuándo hacerlo. Pero en ese momento, con la mirada de Massimo clavada en su piel, se dio cuenta de que no solo no era cierto, sino que también había sido peligrosamente prematuro y presuntuoso.

Esperó con los nervios de punta, pero él no parecía tener prisa por hablar. Se limitó a mirarla a la cara con aquellos ojos del color del cielo de los Alpes. Finalmente, cuando Flora estaba ya a punto de soltar un grito, dijo con tono pausado:

—¿Has dormido bien?

Su voz también era fría. La sintió como fragmentos de hielo deslizándose por su piel. Era la voz de un desconocido o de un adversario. Flora se lo quedó mirando confundida. Tras lo que habían compartido la noche anterior, esperaba un poco de calor.

Asintió con recelo.

—Sí. ¿Y tú?

Massimo asintió también y se hizo un silencio incómodo. Entonces él levantó de pronto la mano y Flora sintió una espiral de felicidad abriéndose paso dentro de ella como una bocanada de humo. Massimo le estaba ofreciendo una rama de olivo. Eso significaba que todo estaba bien entre ellos. Tal vez la noche anterior había sido tan placentera para él como para ella.

Flora alzó la mano y sonrió... y se le cayó el alma a los pies al ver que Massimo fruncía el ceño y señalaba la mesilla.

—¿Me pasas el reloj? Necesito saber qué hora es.

Ella sintió fuego en las mejillas. Se sintió estúpida y pequeña. Pero ¿qué esperaba? Para un hombre como Massimo, la noche anterior había sido algo normal, y no tenía sentido entristecerse ante un hecho tan obvio.

Flora alzó la barbilla y sintió cómo le subía la ira. Si quería sobrevivir a aquella aventura conservando un mínimo de dignidad, iba a necesitar recordar aquel momento. Recordar cómo le había hecho sentirse.

Agarró el reloj y lo miró de reojo antes de pasárselo.

—¿Está bien la hora? Tengo que levantarme —dijo con brusquedad.

Se giró, se levantó de la cama y se puso el vestido.

Massimo la observó con aquella mirada azul claro que le dejaba marcas en la piel, y a pesar de la rabia y la desilusión sintió una sensación de aleteo en la pelvis. Apretó los dientes. No era justo que siguiera teniendo aquel efecto sobre ella. Sintió de pronto el irrefrenable deseo de salir de allí antes de perder el control.

Aspiró con fuerza el aire.

—Mira, seguro que hay una manera más hábil de preguntarlo, pero no sé cómo hacerlo, así que te lo preguntaré directamente. ¿Qué estamos haciendo aquí? Quiero decir, ¿aquí se acabó esto? ¿O quieres volver a acostarte conmigo?

Massimo observó su rostro en silencio. No esperaba que actuara así. Flora le miraba con los ojos muy abiertos. No desafiantes, sino serios y claros.

Conocía aquellos ojos. Sabía lo que le estaban preguntando. Y también sabía lo difícil que era preguntar algo así. Hacía falta mucho valor.

El silencio se prolongó entre ellos, fundiéndose y disolviéndose con los silencios de su infancia. ¿Cuántas veces había esperado él con el corazón en un puño la respuesta a preguntas que no había tenido más remedio que hacer? Massimo dejó escapar lentamente el aire por la boca.

—Te deseo y sé que tú me deseas también —afirmó

con rotundidad–. Y, además, este ha sido el mejor sexo de mi vida.

Sonrió y Flora sintió una punzada de placer interior a pesar de que el corazón se le encogió un poco ante su elección de palabras. Asintió lentamente.

–De acuerdo, entonces vamos a dejar algo claro. Esto es solo sexo.

–Así es. A menos que te apetezca también lavarme la ropa –bromeó él.

–¿Y solo somos nosotros dos?

Se suponía que iba a ser una afirmación, pero le salió como una pregunta. Massimo la miró a los ojos.

–Soy todo tuyo –aseguró con tono dulce–. Y tú, *cara*, eres toda mía. No voy a compartirte con nadie.

A Flora le daba vueltas la cabeza. Trató desesperadamente de mantener el control. Debería irse, un minuto más allí y estaría perdida.

–Tengo cosas que hacer –murmuró con voz temblorosa a su pesar.

Massimo dejó escapar lentamente el aire por la boca.

–Adelante, ve –dijo clavándole la mirada en la suya–. Pero prométeme que me dejarás invitarte a comer.

Se quedó mirando la indecisión en los ojos de Flora. Odiaba tener que negociar con ella. Le recordaba a su infancia. Al miedo y la incertidumbre de su vida con su padre y su madrastra.

Flora asintió finalmente y sus facciones se suavizaron.

–De acuerdo. Pero me tienes que dejar pagar la mitad. Así no parecerá una cita.

Massimo asintió también, pero cuando la vio marcharse por la puerta se le borró la sonrisa. Tal vez Flora pensara que iban a comer en Cagliari, pero un restaurante abarrotado de gente no era lo que tenía en mente.

Necesitaba algún lugar íntimo, un sitio donde pudiera desnudarla.

Y mientras tanto tendría que darse otra ducha. Y cuanto más fría, mejor.

Massimo metió otra marcha y dirigió sin esfuerzo el Lamborghini por la curva de la colina. Hacía un día precioso, con un cielo azul claro y una suave brisa. Miró a Flora y sonrió al ver las motas doradas de sus ojos. Ella también estaba disfrutando. Deslizó la mirada con aprobación hacia su vestido corto de color verde y las piernas desnudas.

Diez minutos más tarde llegaron a las afueras de Cagliari.

–¿Dónde vamos? –preguntó Flora.

–He pensado que... –Massimo se detuvo. Le estaba sonando el móvil.

–¿Quieres contestar? –le preguntó ella al instante–. A mí no me importa.

Massimo negó con la cabeza. Lo agarró y lo puso en silencio.

–No es importante. ¿Qué me habías preguntado? Ah, sí. Dónde vamos a comer. No creo que lo conozcas. Está en el centro.

–Ah. ¿Qué clase de comida sirven?

Él se encogió de hombros.

–Marisco. ¿Te gusta el marisco?

–Sí –Flora le miró con el ceño fruncido–. Pero, si el restaurante está en el centro, ¿qué hacemos en el puerto?

Había al menos unos cincuenta grandes yates reposando sobre las resplandecientes aguas turquesas. Sus enormes cascos blancos brillaban como gaviotas gigantes.

Massimo apagó el motor y se giró para mirarla.

–Ha habido un cambio de planes. Pero te va a encantar.

Salió del coche y lo rodeó para abrirle la puerta a ella antes de que tuviera oportunidad de abrir la boca.

–¿A qué te refieres con cambio de pla...?

Pero Massimo la calló con su boca. Luego alzó la cabeza, le dirigió una de sus sonrisas irresistibles y le tomó la mano firmemente con la suya para dirigirla hacia los muelles.

–¿Dónde vamos?

Flora tenía casi que correr para mantener las largas zancadas de Massimo y de pronto se sintió un poco nerviosa. Allí donde miraba había mujeres hermosas en las cubiertas con sus largas piernas brillando al sol y las manos de manicura perfecta brillando tanto como sus joyas.

Se dio cuenta horrorizada de que Massimo la estaba llevando a uno de los barcos... al más grande de todos, de hecho, y Flora se detuvo.

–¿Qué pasa? –le preguntó él girándose para mirarla.

–Es muy amable por tu parte –vaciló Flora–, pero no puedo aparecer en una fiesta plagada de amigos tuyos superricos y superseguros de sí mismos. No es lo mío.

Massimo frunció el ceño.

–No son tan ricos. Ni tan seguros de sí mismos –la guio hacia la pasarela–. Pero son supersilenciosos. Escucha.

Flora obedeció, pero lo único que escuchó fue el suave golpeteo de las olas contra el casco del barco y el grito de una gaviota.

–No oigo nada.

Massimo le acarició con suavidad el ceño.

–Porque no hay nadie –suspiró–. ¿Por qué iba a invitarte a una comida íntima en mi barco y luego llamar a cientos de invitados para que subieran a bordo?

Flora se lo quedó mirando boquiabierta.

–¿Tu barco? ¿Esto es tuyo?

Él sonrió, le agarró con más fuerza la mano y tiró de ella. Cuando subieron al barco, Massimo empezó a estrechar la mano de varios miembros de la tripulación vestidos con pantalones cortos y camisetas que habían salido al puente.

Flora le sonrió y sintió que su cuerpo se endurecía ante la suavidad de su mirada.

–¿Yo también tengo que llevar uniforme mientras esté en el barco?

–No sé si tenemos alguno de tu talla –murmuró él deslizándole los dedos por la piel desnuda del brazo.

El móvil le vibró dentro del bolsillo, pero aquel día se lo iba a dedicar a Flora. Nada se interpondría entre ellos.

Probablemente ningún uniforme.

Y, mucho menos, su pasado.

Capítulo 7

NO PUEDO creer lo suave que es. Parece polvo. Flora se agachó, agarró un puñado de arena y dejó que le resbalara entre los dedos. Entornó la mirada con aire pensativo mientras giraba la cabeza hacia atrás para mirar las dunas que rodeaban la playa.

–Me pregunto qué plantas crecerán aquí. Euforbias, supongo. Algo muy duro que no necesite muchos nutrientes.

Massimo se agachó a su lado y suspiró.

–Seguramente. Pero yo sí que necesito nutrientes, *cara* –reconoció–. ¿Podemos por favor ir a comer? Me muero de hambre.

Flora se puso de pie y empezaron a caminar despacio por la playa. Massimo vaciló un instante y luego le tomó la mano entre las suyas. Ella se la apretó, pero no demasiado, y le resultó extrañamente relajante caminar a su lado. Era algo que no había hecho nunca antes. Sonrió para sus adentros. Normalmente tenía las manos ocupadas en otra cosa cuando estaba con una mujer. Pero le gustó cómo se curvaron los dedos de Flora alrededor de los suyos.

La miró de reojo. Daba igual lo que le gustara o le dejara de gustar de ella. Flora estaba allí porque él quería que estuviera. Era una demostración de su poder, no una afirmación de los encantos de Flora.

Y, por supuesto, era también una oportunidad para

disfrutar de los placeres de aquel maravilloso cuerpo sin interrupciones. Metió la mano libre en el bolsillo y sintió una punzada al ver que había un espacio vacío donde tendría que estar el móvil.

–¡Esto es el paraíso! –Flora miró feliz el agua transparente y la arena blanca y luego se giró hacia él con el ceño fruncido–. Pero no entiendo por qué no hay nadie.

–Probablemente porque es propiedad privada.

Al ver la confusión de su rostro, Massimo sonrió.

–No te preocupes. Estoy acostumbrado a traspasar propiedades privadas, ¿te acuerdas?

Flora sintió un estremecimiento recorriéndole la piel. Estaba bien que su relación solo estuviera basada en el tema sexual, pensó. Sería peligroso empezar a añorar esa sonrisa, empezar a fantasear en cómo convertirse en el centro de aquella mirada azul claro.

Le dio un suave golpecito en el brazo.

–No puedo creer que me hayas traído aquí. ¡Eso me convierte en tu cómplice!

–Afortunadamente conozco al dueño –dijo él riéndose–. Y me ha dicho que podemos comer aquí.

Flora le miró con recelo.

–No serás tú el dueño, ¿verdad?

–Tal vez algún día –la expresión de Massimo era algo burlona–. Tal vez le haga una oferta.

Hablaba con tranquilidad, como si estuvieran comentando la posibilidad de comprarle el coche a un vecino. Flora contuvo un suspiro y asintió educadamente. Vivía con él, así que sabía que Massimo era rico, pero una cosa era ser rico y otra millonario de cuento. No era de extrañar que se hubiera puesto furioso cuando se negó a irse del *palazzo*. Si podía permitirse comprar una isla, debió de ser un shock para él no conseguir hacerla cambiar de opinión con dinero.

–Estás muy callada –la voz de Massimo interrumpió sus pensamientos.

Flora se giró para mirarle con una sonrisa.

–Estaba pensando que nunca habría podido ver Spiaggia Rosa si no me hubieras traído aquí hoy en tu barco. Así que gracias –sacudió la cabeza–. No puedo creer que la arena sea rosa.

Massimo se rio.

–Por eso se llama así.

Flora puso los ojos en blanco.

–Ya lo sé. Pero muchas cosas tienen nombres que parecen una cosa y luego resultan ser otra. Como el castillo de Leeds –afirmó triunfal–. Leeds está en Yorkshire, pero el castillo se ubica en Kent.

Se hizo un breve y tirante silencio y luego Massimo dijo en voz baja:

–Se construyó cerca de un pueblo de Kent que también se llama Leeds. Por eso se le llama el castillo de Leeds.

–¿Cómo sabes eso? –Flora le miró asombrada.

Massimo se encogió de hombros. Había ralentizado el paso y ella tuvo la sensación de que estaba pensándose si contarle algo o no. Finalmente, sacudió la cabeza.

–Fui al colegio en Kent. Un año tuvimos que hacer un trabajo sobre el castillo de Leeds –afirmó con voz neutra y con la vista fija al frente–. No recuerdo el castillo en sí, solo que tenía un laberinto y un foso –sonrió con tirantez y le soltó la mano–. Pero solo tenía siete años.

Flora le miró perpleja.

–No sabía que tu familia vivía en Kent. Creía que te habrías criado en Italia.

Se hizo una breve pausa y luego Massimo frunció el ceño.

–Mi familia vivía en Roma, no en Kent. Yo estaba allí en un colegio interno.

A Massimo le latía el corazón muy despacio, como en una marcha fúnebre. Apretó los dientes. ¿Qué diablos estaba haciendo? Flora no necesitaba escuchar aquello y él tampoco necesitaba recordarlo. Pero al decirlo en voz alta, al compartirlo con ella, algo cambió.

Siempre había pensado que verbalizarlo haría que sintiera de nuevo el dolor. Y así fue. Pero no como se había imaginado. Todavía le dolía, ¿cómo iba a ser de otro modo? Pero no era el dolor de la soledad y el rechazo. Era más bien como el escozor de una herida cuando se estaba curando.

Vio cómo Flora se giraba para mirarle y luego apartaba la vista.

–Oh –Flora tragó saliva. Sus palabras la habían impactado, pero fue la tensión de su tono de voz lo que la hizo estremecerse–. Vaya. Debió de ser muy duro para ti. Yo todavía siento nostalgia de mi hogar y tengo veintisiete años. No puedo ni imaginarme lo que debe de ser estar lejos de casa siendo tan pequeño.

Massimo se encogió de hombros y alzó la mano en un gesto casi defensivo, como si no quisiera su simpatía.

–Es lo único que conocí. Y fue una lección de vida muy útil. Me enseñó que solo puedes confiar en ti mismo. Que no necesitas a nadie más en la vida.

Flora asintió. Había sido un destello muy breve de lo que había en el interior de Massimo y quería preguntarle más. Pero la frialdad de su voz fue como una persiana bajando de golpe, y supo que la discusión había llegado a su fin.

Le sonrió con tristeza. Había sido una revelación muy sutil, pero explicaba de forma muy clara el hombre que era. No era de extrañar que se mostrara tan desapegado y cínico. Sus padres no solo le habían enviado a un internado, lo habían mandado a otro país. Pero seguramente tendrían una buena razón, pensó. Aunque ella sabía que sus padres jamás hubieran elegido esa opción.

–¡Fantástico! La comida está preparada.

La voz de Massimo interrumpió sus pensamientos y Flora sintió que sus pies se detenían.

En la arena había un enorme toldo de lona agitándose suavemente con la brisa. Bajo él se extendían largos cojines de terciopelo de colores brillantes por encima de una alfombra persa. Y en medio, sobre una mesa baja de madera, estaba la comida.

Flora se llevó la mano a la boca.

Massimo se giró y observó su reacción.

–Sé que te había dicho que te iba a llevar a comer y espero que no te hayas llevado un chasco, pero pensé que sería más divertido hacer un picnic.

Massimo parecía estar de un humor más ligero y ella sintió una oleada de alivio. No sabía muy bien por qué, pero quería que Massimo fuera feliz. Dirigió la vista hacia el cerdo que se estaba asando sobre unas brasas y luego miró las botellas de champán que había en el enorme cubo de hielo de cobre.

–Esto no es un picnic, es un banquete –murmuró.

–¿Seguro que no te importa que no hayamos ido a un restaurante? –el rostro de Massimo se suavizó. Extendió la mano y le deslizó suavemente el pulgar por el brazo–. Quería que estuviéramos los dos solos. No quería compartirte con nadie.

Flora dejó escapar suavemente el aire. Seguramente Massimo estuviera hablando de sexo otra vez, pero podrían haberse quedado en el yate y él optó por llevarla a aquella preciosa e idílica playa. De pronto se puso tensa. Tal vez llevara allí a todas sus conquistas.

—No —dijo él suavemente alzando la mano para acariciarle el rostro—. Nunca he traído a nadie aquí. Eso era lo que estabas pensando, ¿verdad?

Flora se lo quedó mirando.

—Hay muchas islas en el mundo —murmuró con aspereza.

—Y muchas mujeres. Pero no he llevado a ninguna de ellas a ninguna isla —a Massimo le brillaban los ojos cuando la estrechó entre sus brazos—. Pero me encanta que te importe que pudiera haberlo hecho.

—No me importa —mintió Flora apartándose de él—. Solo pienso que sería incómodo si hubieras dejado a alguna de ellas aquí.

Massimo soltó una carcajada y volvió a abrazarla.

—No hay ninguna mujer escondida entre los matorrales, te lo prometo. Pero pronto habrá un hombre desquiciado en esta playa si no como algo.

La comida estuvo deliciosa. Cuando la tripulación recogió los platos y los vasos con silenciosa y rápida eficiencia, Flora se tumbó en uno de los cojines con la cabeza apoyada en el hombro de Massimo. Intentó no mirarle fijamente, pero le resultaba difícil. Con la camisa desabrochada y el pelo alborotado por la brisa, le resultaba más deseable que nunca.

Al sentir su mirada en la cara, Massimo se inclinó y la besó suavemente en la boca. Tenía los labios fríos y sabían a miel y a moras.

—Un penique por tus pensamientos —murmuró él deslizándole un dedo por el muslo desnudo.

Flora echó un poco la cabeza hacia atrás. Massimo

la miraba fijamente y al sentir sus ojos clavados en ella le costó trabajo respirar.

–Mi madre solía decirme esa frase también –confesó–. No sé, hoy he estado pensando mucho en ella. Antes de que muriera solíamos ir a navegar juntas. Teníamos una lancha neumática y salíamos las dos solas. Mi padre y mi hermano, Freddie, se mareaban en el mar, así que íbamos las dos solas, mi madre y yo.

Le miró y vaciló porque esperaba verle con expresión aburrida, pero Massimo asintió.

–¿Cuándo murió?

–Cuando yo tenía doce años. Pero llevaba un par de años enferma –A Flora se le pusieron los hombros tensos y se miró las manos.

–Lo siento –afirmó él con sinceridad–. ¿Y sigues navegando?

El tono de Massimo era tan delicado que estuvo a punto de echarse a llorar.

–No. Al principio no quería. Pero luego mi padre... –hizo una pausa–. Se preocupaba. No podía evitarlo –añadió casi a la defensiva–. Había perdido a mi madre y navegar es peligroso. Nunca se recuperó de su muerte. Eran almas gemelas, se conocían desde el colegio. Sin ella estaba perdido. Algunas personas no pueden estar separadas –murmuró.

Flora guardó silencio. Massimo también estaba callado a su lado, y durante un instante solo se escuchó el sonido de las olas rompiendo en la arena.

–A mi madre no le gustaba mucho el agua –dijo de pronto Massimo–. Cuando me llevaba a nadar se recogía el pelo en lo alto de la cabeza y apenas movía los brazos para no salpicarse. Mi padre le había regalado un collar de zafiros cuando yo nací y se negaba a quitárselo en el agua. Mi padre se enfadaba mucho, pero creo que le gustaba que lo llevara puesto.

Flora le miró.

—Parece una mujer que sabía lo que quería.

—Sí. Era muy obstinada —a Massimo se le borró la sonrisa—. También era muy fuerte. Siguió vistiéndose, arreglándose el pelo y maquillándose hasta el final...

Massimo dejó de mover los dedos. Nunca hablaba con nadie de la muerte de su madre. Cuando murió era demasiado pequeño. Y luego estaba demasiado enfadado. Sintió cómo la tristeza se le aposentaba alrededor del corazón. Hacía mucho tiempo que no pronunciaba siquiera su nombre. No había sido su intención, pero debido al dolor de la pérdida la había sacado de su vida.

Flora se mordió el labio inferior y se quedó mirando el perfil de Massimo. Parecía distante, inalcanzable. Pero ya sabía que era así como había aprendido a enfrentarse al dolor. Y también sabía que no siempre había sido así.

Dejó escapar el aire lentamente para no romper aquel nuevo aire de intimidad entre ellos. Le resultaba extrañamente tranquilizador estar allí sentada a su lado viendo cómo la luz del sol jugaba con el toldo. Pensar en su madre la dejaba normalmente resentida y triste. Pero allí, con el calor del cuerpo de Massimo, se sintió bien. Tal vez porque él entendía lo que sentía: estaba claro que la muerte de su propia madre había causado un profundo impacto en él.

—¿Y qué pasó con tu padre? —preguntó con voz pausada—. ¿Cómo se enfrentó a la muerte de tu madre?

Flora tenía una voz preciosa, suave, ronca y tranquilizadora como el sonido de una lluvia de verano. Pero nada podría aliviar el dolor que causaba su inocente pregunta. Y nada podría inducirle jamás a compartir aquel dolor con nadie.

Massimo se rio sin ganas.

—Lo superó —dijo con voz fría y seca.

Había llegado el momento de cambiar de tema. Flora miró hacia el mar y dijo:

—No sé tú, pero a mí me gustaría bañarme —le tomó de la mano y se puso de pie obligándole a hacer lo mismo—. El problema es que no he traído bikini. No tendrás alguno en el barco que me puedas prestar, ¿verdad? Tal vez alguna de tus invitadas se haya dejado alguno...

Se le habían sonrojado las mejillas, pero le miró desafiante.

Massimo le dirigió una sonrisa.

—Me temo que hasta hoy no había llevado a ninguna mujer al barco, así que no puedo ayudarte. Si te sirve de consuelo, yo tampoco he traído bañador.

Hizo una pausa y le deslizó la mirada por el cuerpo. Flora se sentía como si hubiera bebido. La adrenalina y la emoción giraban en espiral dentro de ella. Y también el miedo. El miedo a estar confundiendo las sensaciones con las emociones. Para que aquello funcionara necesitaba mantener el control. Recordarse que aquello solo era sexo, como habían acordado.

—En ese caso —dijo con voz dulce—, supongo que tendré que bañarme desnuda.

El aire que los rodeaba se enardeció como si fuera a desencadenarse una tormenta. Incluso las olas parecían haber dejado de golpear contra la orilla.

Respirando con agitación, Flora dio un paso atrás y con un rápido movimiento se quitó el vestido por la cabeza. Se quedó de pie frente a él con gesto orgulloso, la seda verde del sujetador y las braguitas le brillaba como hojas húmedas bajo la sombra del toldo.

Los ojos de Massimo le lanzaban destellos azules sobre la piel. Flora se dio cuenta de que le gustaba que la mirara así.

El pulso se le ralentizó. Más que gustarle... la hacía sentirse viva: salvaje, fuerte y bella. Y quería que siguiera mirándola. Quería que la deseara. Pero cada vez que tenían relaciones sexuales se hacía un lío mayor en la cabeza. Le asustaba lo mucho que le deseaba. Pero lo que más le asustaba era empezar a querer algo más. No quería que le importara. No quería sentir ninguna emoción. Las emociones eran peligrosas. Ver a su padre sufrir le había enseñado hasta qué punto. Lo que necesitaba era placer y pasión. Pura y simplemente.

Echó la mano hacia atrás con gesto algo tembloroso, se desabrochó el sujetador y lo dejó caer.

—El último que llegue al agua tiene que volver nadando a casa.

Se miraron, y antes de que Massimo pudiera decir nada, Flora se dio la vuelta y corrió hacia las olas.

Massimo la alcanzó unos segundos más tarde y le pasó el brazo por la cintura mientras el mar les cubría los pies de espuma.

—Has hecho trampa —dijo sin aliento mientras Massimo la atraía hacia sí. La mojada tela de sus pantalones le rozaba la piel—. Todavía estás vestido.

Se habían adentrado un poco más, el agua les golpeaba las rodillas. Los ojos de Massimo echaban chispas de pasión.

—Eso es culpa tuya —murmuró con voz ronca—. Tú me haces romper las normas.

Entonces la estrechó entre sus brazos y la besó con fervor.

Flora entreabrió los labios cuando las manos de Massimo se deslizaron por su cuerpo, cada roce le provocaba un exquisito calor en la piel. Él le pasó las manos por debajo del trasero y la introdujo en el agua, luego volvió a alzarla, puso la boca en sus senos y le lamió delicadamente las gotas saladas de cada pezón.

Flora jadeó e impulsó el cuerpo hacia delante, presionando la cabeza de Massimo contra el pezón. Pero no fue suficiente. El calor se abrió paso dentro de ella y le resultó imposible ignorarlo. Desesperada, le agarró la mano y se la colocó entre las temblorosas piernas.

Aquello era lo que necesitaba. Liberar la mente del conflicto de la duda y el miedo. Enloquecida, se colgó de su mano y se apretó con fuerza contra los nudillos. Luego le mordió el hombro y se estremeció, sintiendo cómo le latía el pulso contra la palma de su mano.

Le escuchó gemir, y mientras Massimo buscaba un preservativo en los pantalones, ella le agarró con torpeza el cinturón. Él seguía sosteniéndola contra su cuerpo, rodeándole la cintura con los brazos. Y entonces se introdujo en su interior mientras le cubría la boca con la suya.

Flora se colgó de él agarrándose a los músculos de sus brazos, gimiendo en la brisa marina, y luego sintió cómo los labios de Massimo le rozaban la mejilla.

—¡Oh! —exclamó ella sobresaltada cuando un pececito naranja y blanco se agitó rápidamente en el agua a su lado.

—Una doncella —afirmó Massimo—. La marea está bajando. Tenemos que volver al yate.

Ella asintió y le soltó el brazo. Sus miradas se encontraron y durante un instante Massimo vaciló. Y luego frunció el ceño y la atrajo hacia sí besándola apasionadamente. Cuando se apartaron se rio.

—¿De qué te ríes? —le preguntó Flora alzando la cabeza para mirarle.

–Este traje solo se puede lavar en seco –Massimo la besó en la frente.

Ella se rio también.

–Te está bien empleado por no haberte quitado la ropa.

Regresaron al yate, se ducharon e hicieron el amor otra vez antes de subir a la zona de estar de la cubierta de proa.

–Al menos te dejaste el teléfono aquí. Si no te lo habrías cargado.

Massimo asintió, pero Flora se dio cuenta de que su rostro había adquirido la misma expresión cerrada de antes. Pensó que recordarle lo del teléfono había sido una estupidez, porque sin duda también le había recordado todas las horas que había perdido aquel día por estar con ella.

–No quiero hablar del móvil –afirmó él–. Me recuerda al trabajo... mira, solo nos quedan unas horas de sol, así que he pensado que tal vez podríamos ir a visitar Caprera.

Massimo se recostó en la silla y Flora observó aliviada cómo su rostro se relajaba y sonreía.

–Seguro que te gusta. Es salvaje, escabroso y está sin refinar. Un poco como yo.

Flora le dio una suave patadita con el pie.

–Tal vez seas salvaje y escabroso, pero desde luego estás muy refinado –contuvo un grito cuando Massimo se inclinó hacia delante y le agarró el tobillo. Luego le rodeó el talón con los dedos.

–¿Qué quieres decir exactamente?

Flora puso los ojos en blanco.

–Bueno, tienes un yate de ochenta metros de eslora, un *palazzo* y seguramente una casa –Massimo alzó la mano y ella frunció el ceño–. ¿Tienes cinco casas?

Él se rio y sacudió la cabeza.

—Apartamentos, no casas. Y tengo nueve. Pero no tenía suficientes dedos. Me daba miedo soltarte el pie y que me dieras una patada —le deslizó la mano por el pie y apretó el pulgar contra la almohadilla de la base de los dedos.

Flora echó la cabeza hacia atrás.

—Esto es maravilloso —murmuró.

—Se supone que esta parte del pie está conectada con el cuello —dijo él.

—Qué extraño. Porque siento un cosquilleo en el cuello.

Gimió suavemente. Los dedos de Massimo le estaban acariciando el lateral del talón y le trazaban pequeños círculos en la piel. Se apoyó contra el respaldo de la silla y sintió cómo el cuerpo se le derretía bajo la firmeza de sus dedos.

Y entonces estiró la espina dorsal y se incorporó.

—¿Con qué está conectado *eso*? —preguntó con voz temblorosa.

—¿No te lo imaginas? —murmuró él.

Flora contuvo el aliento y le miró. Sus ojos se encontraron y ella tragó saliva ante la intensidad de su mirada.

—Massimo, no puedes... —jadeó.

Pero sí podía.

Sus dedos habían encontrado el punto que la hacía estremecerse. El corazón le latía con fuerza y muy despacio, le temblaban los muslos. Se movió en el asiento para calmar la tirantez de la pelvis, pero él siguió acariciándola del mismo modo ligero y deliberado.

—Por favor —gimió Flora.

Massimo disminuyó la presión, pero solo por un instante.

–Voy a gritar –jadeó ella con voz ronca.

Él sonrió.

–Ya lo sé.

Entonces, Massimo bajó la cabeza y ella dejó caer los brazos a los lados de la silla cuando sintió cómo le lamía en círculos el tobillo con despiadada precisión. Flora se colocó otra vez en el asiento y se dejó ir gritando suavemente mientras su cuerpo se abría y una dulzura salvaje y brillante se le extendía por la piel.

Se quedó bloqueada durante un instante. No sabía que algo así pudiera ser posible. Se sonrojó un poco y, sintiéndose algo avergonzada por su falta de sofisticación sexual, cambió de posición.

Y contuvo el aliento. Massimo estaba duro. Pero no solo duro. La firmeza de su erección le resultaba asombrosamente larga. Alzó la vista para mirarle con los ojos muy abiertos y abrió la boca para hablar, pero él se lo impidió colocándole suavemente un dedo en los labios.

–No pasa nada –dijo con voz pausada y con mirada clara y firme–. Puedo esperar. Si es por ti, puedo esperar para siempre.

Capítulo 8

LAS palabras de Massimo habían sido más poéticas que auténticas, reconoció Flora más tarde mirando al mar y viendo cómo el sol se hundía lentamente en el horizonte. Pero no se quejaba. Había sido idea de los dos que las cosas entre ellos fueran así.

Sin sentimientos. Sin futuro. Solo sexo.

Y había conseguido lo que quería.

Se metieron en el camarote y pasaron el resto de la tarde en la cama, donde Massimo le regaló orgasmo tras orgasmo hasta que ella reconoció que estaba agotada.

Flora sintió que se le sonrojaban las mejillas. Había sido algo muy intenso, muy salvaje. Y maravilloso. Se estiró en la cama y sonrió al sentir agujetas entre los muslos.

Estar con Massimo era una revelación. Había disfrutado del sexo antes, pero nunca se imaginó que sería posible sentirse tan excitada. Massimo conocía muchas posturas y tenía un entendimiento intuitivo de lo que podría gustarle. Pero había algo más. Se sentía distinta cuando estaba con él.

Flora dobló las rodillas contra el pecho y se las abrazó con fuerza. Por supuesto que se sentía distinta. Massimo vivía en otro mundo. Un mundo de limusinas y chóferes. De helicópteros y casas en varios continentes. Era amigo de gente que tenía islas, islas de verdad.

Oyó que se abría la puerta, se giró y soltó una carcajada cuando vio entrar a Massimo con un bañador de dibujos del signo del dólar en verde luminoso.

–¿Es tuyo? No me extraña que te lo dejaras en el barco.

Massimo torció el gesto.

–Es nuevo. Pensé que luego podríamos darnos un baño en la piscina, así que mandé a Tommaso a comprarnos unos bañadores –frunció el ceño–. Eran los signos del dólar o plátanos gigantes. Al parecer, la oferta era muy limitada.

Flora soltó entonces un grito.

–¿Y a mí qué me ha comprado? ¡Enséñamelo!

Se quedó boquiabierta cuando Massimo metió la mano en el bolsillo del bañador y sacó lo que parecían ser tres minúsculos triángulos de tela naranja fosforito.

–¿Qué es eso? –preguntó horrorizada.

–Es un microbikini –le explicó él–. La novia de Tommaso tiene uno igual pero en rosa –le brillaron los ojos–. ¡Apuesto a que ahora mismo te gustaría tener un bañador como el mío!

Flora le sacó la lengua y él la tumbó riéndose sobre la cama, colocándose a su lado. A ella se le aceleró el pulso cuando le miró. Tenía los ojos tan azules que era como mirar el mar.

–Podríamos compartirlo –propuso Flora con voz ronca.

Massimo le frotó la cara contra la suya.

–Depende. ¿Qué me darás a cambio?

Mientras la miraba, Massimo sintió una felicidad que había olvidado que existiera. Dulce, fría y afilada como un trago de *limoncello*. Flora era increíblemente sexy. Le encantaba cómo respondía a su contacto.

Nunca había experimentado un sexo como el que tenía con ella. El ritmo del corazón se le ralentizó. Pero no era solo el sexo. Flora le caía bien. Le intrigaba, le hacía reír y le hacía bromas constantemente. Y, sin embargo, aquella tarde había conseguido despertarle una pena en el corazón.

Flora le deslizó la mano por el vientre trazando con los dedos la oscura línea de vello que desaparecía bajo el bañador, y Massimo apartó de sí sus pensamientos.

–¿Qué quieres? –susurró ella.

Massimo se limitó a sonreír por toda respuesta y empezó a tirar con decisión de los botones de la camisa de Flora. Entonces sonó el móvil en algún lugar de la habitación. Los dedos de Massimo vacilaron y miró hacia atrás, sintiendo que se le hacía un nudo en el estómago. Era culpa suya. No tendría que haber vuelto a encender el teléfono. Pero, en cualquier caso, no iba a contestar.

Se encogió de hombros.

–No pasa nada. Quien sea puede esperar. Si es importante, volverán a llamar.

Flora asintió. Seguramente, Massimo tenía razón. Pero hubo algo en su tono de voz que le erizó el vello de la nuca.

El teléfono seguía sonando.

–¿Por qué no contestas? –le preguntó sin poder contenerse–. A mí no me importa.

–Pero a mí sí –respondió él con firmeza–. Seguro que no es importante.

Massimo podía empezar a sentir cómo surgía en su interior la misma oscura tristeza que había sentido de niño. Pero ya no era un niño y no tenía que darle explicaciones a nadie. El móvil dejó entonces de sonar.

Flora quiso preguntarle cómo sabía que no era importante, pero él le tomó el rostro con la mano, bajó la cabeza y la besó con ansia. Aquello era lo que quería, pensó Massimo con frenesí. Lo único que necesitaba para que el resto del mundo se desvaneciera. Solo Flora y él. Perfecto como una escena dentro de una bola de cristal con nieve.

Con la excepción de que él nunca necesitaría a nadie. Necesitar era un sinónimo de dolor. Él había necesitado a su padre y su padre le había traicionado. Nunca le perdonaría ni olvidaría aquel dolor. Pero conocía la manera de aislarlo...

Flora gimió suavemente cuando Massimo volvió a besarla y abrió los labios. Se entregó al burbujeante calor que le subía por la piel y luego se quedó sin aliento cuando él se acercó más. Una parte de su cerebro registró que había tensión en su rostro, casi rabia, pero apartó de sí aquel pensamiento porque los labios de Massimo resultaban suaves y seguros sobre los suyos, y sus dedos todavía más seguros cuando se deslizaron bajo su camisa y buscaron las duras puntas de sus pezones.

El móvil volvió a sonar y Flora sintió que Massimo daba un respingo. Entonces se apartó de ella maldiciendo enfadado entre dientes.

Flora se mordió el labio inferior, aspiró con fuerza el aire y le tocó suavemente el brazo.

–¿Qué ocurre?

El teléfono seguía sonando. Massimo se pasó distraídamente los dedos por el pelo, apartó la mano de Flora y se puso de pie bruscamente. Aquello era intolerable. Era acoso.

–No voy a hacer esto...

Flora le miró boquiabierta. ¿Hacer qué? ¿Estaba hablando con ella o se refería a la llamada?

Observó en silencio cómo cruzaba la habitación y

agarraba el móvil. Abrió la puerta y desapareció por el pasillo. Un instante después escuchó su voz.

Sentada en la cama, Flora sintió que se le encogía el estómago por la tristeza.

Le había visto furioso. Cuando se enfadaba con ella se mostraba salvaje y colérico. Pero eso era mucho peor. Esa rabia estaba fríamente controlada. Su voz gélida resultaba tan letal y hostil como la ráfaga de una ametralladora. ¿Qué podría haber pasado para que estuviera tan furioso?

La respuesta era demasiado obvia, pensó. Y sintió su propia rabia fría y dura como una piedra afilada. Porque aunque no podía oír lo que estaba diciendo, no hacía falta ser un genio para saber que estaba hablando con una mujer. Seguramente con esa tal Allegra de la que había hablado con tanto desprecio el día anterior en el café.

Flora sintió el corazón pesado y lento dentro del pecho. ¿Había sido el día anterior cuando estuvo sentada en aquel café escuchando sus mentiras? Parecía que había pasado mucho más tiempo. Sintió una punzada de irritación. ¿Cómo podía ser tan estúpida, tan ingenua? ¡Toda aquella charla sobre no querer compartirla con nadie cuando él tenía pensado compartirse a sí mismo desde el principio! Pero el hecho de que se hubiera creído sus mentiras no implicaba que tuviera que permitir que la tratara en ese momento como a una idiota.

Dejó escapar un tembloroso suspiro. Tenía escalofríos, y si fuera de las que lloraban aquel habría sido un momento perfecto para hacerlo. Pero se puso de pie y empezó a caminar por la habitación. Recogió la ropa y se la puso sin pensar si estaba al derecho o al revés. Se acababa de poner los zapatos cuando se abrió la puerta y entró Massimo.

Se la quedó mirando con expresión desconcertada, casi como si no la reconociera.

–¿Qué estás haciendo?

–Me voy –respondió Flora con frialdad.

Massimo entornó los ojos.

–¿Porque he contestado una llamada de teléfono? –la miró con incredulidad–. ¿No te parece un poco extremista?

Ella aspiró con fuerza el aire. Era un manipulador. ¡Estaba retorciendo los hechos para que pareciera que ella estaba exagerando cuando acababa de colgar con su novia!

Estaba tan dolida y tan enfadada que apenas podía hablar.

–Te diré lo que es extremista. Tu egoísmo. Porque tú seas rico y poderoso y yo no lo sea no significa que puedas utilizarme...

Massimo la interrumpió al instante.

–¿Cómo te he utilizado? Tenemos un acuerdo...

–¡Lo teníamos! –le espetó ella–. Te dije que me parecía bien tener relaciones sexuales contigo siempre y cuando no hubiera nada más.

La confusión del rostro de Massimo resultaba tan genuina, tan convincente, que Flora quiso creerle. Frunció el ceño.

–Te he oído. Estabas discutiendo con alguien. Y no intentes convencerme de que era algo de trabajo. No soy idiota.

Se hizo un largo y tenso silencio, y luego Massimo dijo con voz pausada:

–No, no lo eres. Pero esto no es lo que tú piensas.

Flora se mordió el labio inferior y apartó la vista. Massimo le estaba diciendo la verdad. Pero no era suficiente. Ella necesitaba algún tipo de explicación.

–Entonces, ¿qué es?

Massimo la miró a los ojos, pero no dijo nada. Final-mente, se encogió de hombros.

–No importa.

A ella empezó a latirle el corazón con fuerza.

–¿Cómo puedes decir eso? Por supuesto que im-porta. Estás enfadado y...

–Ese no es tu problema.

Sintiéndose entumecida por dentro, Flora se forzó a mirar por la ventana para ver el atardecer. Era precioso en su sencillez. Tal y como había sido aquel día. Hasta entonces.

¿En qué momento se había vuelto tan tonta? Pen-saba que se estaba comportando de forma inteligente y «moderna». Pero ¿cómo pudo pensar en algún mo-mento que aquello funcionaría? Por supuesto que acce-der a que fuera solo sexo había resultado fácil en teoría. Pero la realidad era mucho más complicada, porque la verdad era que en esos momentos no solo le deseaba, también sentía algo por él.

Miró el rostro impávido de Massimo y tragó saliva. Le importaba que lo estuviera pasando mal. Incluso en ese momento que acababa de dejarle muy claro que no quería su ayuda, seguía importándole.

Su intención había sido compartir únicamente su cuerpo con él, pero ahora corría el peligro de compartir también su corazón. Sintió un nudo en la garganta. Porque Massimo no estaba interesado en su corazón. Y a juzgar por la expresión de su rostro, tampoco quería compartir sus sentimientos con ella.

Massimo la vio tragar saliva y apretó los dientes. Sabía que le estaba haciendo daño. Pero no sabía qué más hacer. No podía contarle la verdad. Quería que Flora siguiera siendo como era, dulce y ligera, llena de promesas como el amanecer de una mañana de primavera. No había necesidad de marchitarla revelándole lo cruel que era en realidad el mundo.

Pero aunque no pudiera contarle la verdad sobre el pasado, sí podría decirle cómo se sentía él en ese momento.

—No era mi intención alterarte, *cara*. De verdad, eso es lo último que quiero... —Massimo vaciló y dio un paso hacia ella—. Si pudiera contártelo lo haría, pero no puedo. Por favor, no me odies.

Flora alzó la mirada hacia él y le escudriñó el rostro. Massimo sintió entonces que se le encogía el corazón, porque en sus ojos no había odio, solo algo que se parecía mucho a la preocupación.

—No te odio —aseguró ella en voz baja—. Pero no te entiendo. Y eso me parece una razón suficiente para marcharme.

A Massimo se le ralentizó el ritmo del corazón. Flora estaba temblando. Avanzó hacia ella siguiendo un impulso y la estrechó entre sus brazos. Ella le puso las manos contra el pecho, pero fue un gesto de resistencia muy débil.

—Yo tampoco me entiendo —murmuró Massimo con dulzura—. Pero lo que sí sé es que no quiero discutir contigo —sacudió la cabeza—. Quiero que las cosas sean como antes.

Flora se mordió el labio inferior y asintió lentamente con la cabeza.

—Yo también.

Massimo vio que se le sonrojaban las mejillas y sintió la repentina necesidad de protegerla. De girar el yate y navegar hacia aquel glorioso atardecer de ensueño.

—Lo siento —suspiró—. Ya sé que dije que podíamos pasar la noche a bordo, pero no podemos. Olvidé que tengo una cena esta noche y no puedo faltar. Es un asunto de negocios. Bueno, de negocios y de política. Voy a cenar con el primer ministro.

Flora le miró con los ojos como platos y él sacudió la cabeza. Todavía no podía creerse que se le hubiera olvidado. Nunca antes le había pasado algo así. Flora le miró de reojo y sintió una punzada de desilusión, pero le tendió la mano.

—No pasa nada. Dame ese bikini. Puedo volver nadando a casa.

Estaba bromeando otra vez. Massimo sintió una oleada de alivio, pero enseguida desapareció. No quería dejarla atrás. Ni tampoco quería quedarse encerrado en algún hotel sin alma con el minibar y sus pensamientos como única compañía.

Pero ¿por qué tendría que estar solo?

Le pasó el brazo por la cintura a Flora y la apretó contra su cuerpo.

—¿Te gustaría venir a Roma conmigo?

—Creo que... si hacemos esto... —Massimo frunció el ceño y se puso de pie delante de Flora, doblándole la brillante tela azul bajo la clavícula—. ¿Podría servir?

Elisabetta, la delicada y elegante asistente de la casa de modas de Via dei Condotti asintió con gesto aprobatorio.

—Sin duda, señor Sforza —colocó la seda en su lugar con unos alfileres y luego se giró hacia Flora sonriendo—. ¿Le gustaría verse ahora, *signorina*?

Flora esbozó una sonrisa trémula, dio un paso adelante y se miró al espejo. Se quedó observando su reflejo en silencio, asombrada por lo que veía.

Le quedaba perfectamente. Como debía ser tras dos

horas de alfileres y arreglos, pensó con ironía. Todo era muy emocionante. Nunca antes había tenido un vestido hecho a medida, y estaba disfrutando de cada momento.

El vestido era maravilloso.

Flora vio a Massimo mirándola a través del reflejo del espejo y se sonrojó.

–Gracias –dijo con dulzura–. Es precioso, de verdad, y muy generoso por tu parte.

Massimo dio un paso adelante sin apartar los ojos de su rostro.

–Ha sido un placer, de verdad. Y el vestido es precioso, pero no sería nada sin ti, *cara*. Me dejas sin aliento.

Flora sonrió mecánicamente. La voz de Massimo era dulce y su mirada todavía más dulce, pero eso no convertía su comentario en algo auténtico.

El corazón le latía con fuerza y deseó con todas sus fuerzas que Massimo no se diera cuenta de cuánto deseaba que sus palabras fueran ciertas. Entonces le puso un dedo tembloroso en los labios.

–Pues no me lo digas más –dijo con tono ligero–. No quiero que te quedes sin aire.

Había sido todo como una montaña rusa.

Habían volado a Roma en el helicóptero de Massimo y una limusina conducida por un chófer les había recibido en el aeropuerto y los había llevado por la ciudad hasta la casa de modas, que estaba a punto de cerrar. Otro recordatorio de que Massimo no era un hombre corriente. Y de que en su mundo las tiendas siempre estaban abiertas y los restaurantes siempre servían comidas.

En ese momento la limusina estaba atravesando las calles atascadas por el tráfico. Flora parpadeó cuando un destello azul pasó al lado de ellos.

–Sigo sin creer que tengamos escolta policial. Creí que eso era solo para los líderes mundiales.

Massimo la tomó de la mano.

–Normalmente no tengo. Pero somos invitados del primer ministro. Por eso hay un poco más de seguridad.

Recostado a su lado como un emperador romano moderno vestido de esmoquin, parecía no solo que gobernara el país, sino el universo entero, pensó Flora impotente. Era sencillamente perfecto. En aquel momento sonó el intercomunicador de la limusina.

–Ya casi hemos llegado, señor –dijo el chófer–. Hay muchos fotógrafos, ¿quiere que le deje en la entrada o prefiere utilizar la puerta de servicio?

–En la entrada está bien.

–¿Qué es este lugar? –preguntó Flora con voz temblorosa. Nunca había visto tantos paparazzi ni guardias de seguridad.

–El *Palazzo* de Quirinale. La residencia oficial del presidente italiano –dijo Massimo con naturalidad.

–Creía que íbamos a ver al primer ministro.

–Así es. Y al presidente también.

Flora se mordió el labio inferior.

–¿Y eso es todo? ¿Va a haber más gente?

Massimo vaciló.

–Unas cincuenta o sesenta personas. Pero no te preocupes, yo estaré contigo todo el rato.

Flora abrió la boca, pero ya era demasiado tarde para decir nada. Habían llegado. El coche se detuvo suavemente, y cuando las puertas se abrieron se alisó el vestido por encima de las rodillas y salió a la calle en medio del clamor. Los flashes de las cámaras lanzaban sus destellos en todas las direcciones, pero Massimo apareció al instante a su lado y le tomó la mano con firmeza.

–Quita esa cara de agobio. Tú mírame como si estuvieras loca por mí.

A ella le brillaron los ojos y le dio un pellizco en el brazo.

–¡Soy jardinera, no actriz!

–No vas a tener que fingir.

Massimo le dirigió una de aquellas sonrisas que le derretían hasta los huesos y luego bajó la cabeza y la besó. Hubo varios destellos de luz. Pero Flora no sabía si estaban fuera o dentro de su cabeza. Todo lo que sabía era que lo único que le importaba en aquel momento era él y la fiera presión de su beso.

Massimo levantó la cabeza.

–¿Lo ves? No hace falta actuar –murmuró.

Tenía los ojos azul oscuro, como si llevara dentro el cielo de la noche. Flora se lo quedó mirando confundida con el cuerpo tembloroso y la cabeza dándole vueltas. Los fotógrafos gritaban a su espalda el nombre de Massimo, y Flora se dio cuenta de que ya no estaban ellos dos solos. Aquello no era la cocina del *palazzo* ni el yate de Massimo. Eso era público. Era real.

Sintió una aguda punzada de anhelo. ¿Significaba aquello que para él ahora también era algo más que sexo?

–¿Por... por qué has hecho eso? –preguntó con voz temblorosa.

Massimo le tomó la mano y la guio por la alfombra roja, más allá de la fila de los guardias de seguridad.

–Estamos en la ciudad del amor, *cara*. ¿Qué otra cosa podía hacer?

Ella le miró hipnotizada por la luz de sus ojos.

–Creía que la ciudad del amor era París.

Massimo frunció el ceño y sacudió lentamente la cabeza.

—Eso te lo ha dicho un francés, ¿verdad? —suspiró—. Seré generoso y diré que estaba equivocado, pero conozco a ese tipo y no se puede confiar en él. Roma es sin duda la ciudad del amor.

Fue más tarde cuando Flora se dio cuenta de que había estado intentando distraerla al percibir su ataque de pánico. Pero a pesar de los nervios empezó a relajarse, principalmente porque cada dos por tres Massimo aparecía a su lado y la tomaba de la mano. Casi como si quisiera que todo el mundo supiera que estaba con él. Aunque eso era una fantasía de Flora, no un hecho.

—Gracias a Dios —le murmuró Massimo al oído cuando se abrieron las puertas del comedor—. No te preocupes, les he dado una propina a los camareros para que nos sienten juntos. ¡Así me aseguro de que no te fugas con el ministro de Comercio!

El ministro de Comercio resultó ser un hombre rubicundo de sesenta y pico años cuya mujer estaba sentada al lado de Massimo.

—Parecía simpática —dijo Flora más tarde cuando estaban sentados en uno de los salones del *palazzo* disfrutando de un café.

—¿Carla? Sí, lo es. Los dos lo son. Es su segundo matrimonio. Su primera mujer murió. Tenían una hija más o menos de tu edad que no lo lleva muy bien.

Flora se mordió el labio inferior.

—Eso es muy triste.

Massimo asintió y la miró a los ojos.

—Espero que no te importe, pero le he hablado de ti. Pensé que podrías hablar con ella.

Flora sacudió la cabeza.

–No, no me importa. Pero no creo que sirva de mucho –aseguró–. Me sentiría como un fraude, porque yo tampoco es que lo lleve muy bien.

Se hizo un breve silencio y luego Massimo se inclinó hacia delante.

–¿Por qué piensas eso? –le preguntó en voz baja.

Flora se encogió de hombros. El aire se había enardecido a su alrededor.

–Porque en caso contrario estaría en casa, en Inglaterra –dejó la taza de café sobre la mesa–. En un principio vine aquí porque no llevaba bien estar en casa –suspiró–. Mi hermano y mi padre fueron siempre muy protectores conmigo cuando yo era una niña. Pero cuando mi madre murió dejaron de escucharme completamente.

Alzó la vista y le dirigió una sonrisa tensa.

–Me tratan como a una niña de cinco años. Así que al final me escapé. Les dije que me iba para ordenar mi cabeza y terminar la tesis. Pero en realidad estaba huyendo de ellos.

Un ligero sonrojo le cubrió las mejillas.

–Por eso me llevaba tan bien con Umberto. Ya sé lo que todo el mundo pensaba. Pero nunca fuimos amantes. Solo nos entendíamos el uno al otro: él también estaba huyendo. De sus esposas y sus amantes. Y del hecho de que ya no pudiera pintar como antes. Así que... ya ves, no lo llevé bien. Salí huyendo.

Flora guardó silencio. El ruido de las risas y de las conversaciones de las personas que había alrededor iba y venía como una marea.

–¿No podrías hablar con tu padre? ¿O con Freddie?

Ella sintió una punzada en el pecho. ¿Cómo iba a explicarle el dolor de su padre? Y Freddie era abogado. Si hablaba con él terminaría dándole la razón como siempre hacía.

–A mi padre le haría daño –susurró–. Está destrozado. Y es muy frágil.

Recordar el rostro de su padre buscando con ansiedad a su madre entre la gente hizo que le dieran ganas de llorar.

–Yo no quiero depender nunca tanto de nadie –afirmó enfadada–. ¿Qué sentido tiene querer a alguien si eso te hace sentirte así?

Alzó la vista para mirarle, pero Massimo miró hacia los camareros que estaban limpiando las mesas y sintió una repentina punzada de desesperación que le atravesó la piel. Por supuesto, ¿por qué iba a estar Massimo interesado en su dolor?

–Eso es lo que hace que valga la pena vivir –murmuró antes de girarse hacia ella–. Si no sientes tristeza cuando alguien no está ahí... si no te importa si esa persona es feliz o no... entonces no tiene sentido.

Con los ojos clavados en los suyos, Massimo le tomó la mano y se la llevó a los labios.

–¿Señor Sforza? Tiene una llamada de teléfono.

Massimo se quedó mirando al camarero que les había interrumpido. Fue como si le hubieran encendido un interruptor.

–¿No ve que estamos ocupados? –preguntó con frialdad.

El hombre vaciló.

–Lo siento, señor. Pero ha habido un accidente...

Massimo palideció.

–¿Está herida?

–No lo sé, señor –el camarero sacudió la cabeza.

Massimo se giró hacia Flora.

–Espérame aquí. Volveré en cuanto pueda.

Ella apenas había tenido tiempo de acabarse la taza

de café cuando Massimo volvió a aparecer. Tenía una expresión de furia.

Flora se puso de pie.

—¿Ella está bien? —no tenía ni idea de quién era aquella misteriosa «ella», pero podía sentir el dolor de Massimo y quería ayudarle.

Massimo se la quedó mirando. Tenía las facciones distorsionadas por la ira.

—Por supuesto que está bien. Ha mentido para que me pusiera al teléfono.

Flora sintió que el corazón empezaba a latirle con fuerza. ¿Qué clase de persona decía que había tenido un accidente siendo mentira?

—Pero ¿por qué haría algo así...?

—No quiero hablar de ello —la atajó Massimo con voz gélida.

Ella se lo quedó mirando, vio la rabia en sus ojos y durante un instante vaciló. Ya habían tenido una pelea gorda aquel día. Y algunos problemas eran demasiado grandes como para intentar resolverlos. Como el dolor de su padre...

Se le encogió el estómago. No había querido enfrentarse a la tristeza de su padre ni a su sobreprotección y por eso había salido huyendo. Sintió algo parecido a la vergüenza o a la culpabilidad y alzó la barbilla. Esa vez no saldría corriendo.

—No puedes esperar que ignore esto, Massimo —dijo con voz pausada—. ¿Cuál es el gran secreto? ¿Por qué no me cuentas quién no para de llamarte?

—No estoy preparado para hablar de ello contigo —murmuró él.

—¿Pero sí estás preparado para tener sexo conmigo? —le espetó Flora.

Se hizo el silencio en la sala a su alrededor. Hubo un

momento de tensión y luego todo el mundo empezó a hablar a la vez.

Ellos se quedaron mirándose un instante y luego Massimo deslizó la vista por el salón.

—Muy bien —dijo apretando los dientes—. Como tú quieras. Pero aquí no.

La agarró con brusquedad de la mano y la sacó del salón. Caminaba tan deprisa que Flora tuvo que correr para seguirle los pasos. Massimo empujó una puerta, tiró de Flora y de pronto estaban fuera.

Massimo se detuvo y le soltó la mano como si le quemara. Flora miró a su alrededor y vio que estaban en un amplio balcón. Más allá de eso solo había oscuridad.

Podía escuchar la respiración agitada de Massimo. Se giró lentamente y observó su perfil.

—¿Quién es ella?

Se hizo un silencio y finalmente Massimo dijo con tono seco:

—Mi madrastra —se dio la vuelta para mirarla—. Se llama Alida.

La crudeza de su voz la hizo dar un respingo, pero dijo con la mayor calma que pudo:

—¿Por qué no quieres hablar con ella?

Massimo se rio. Fue una carcajada áspera y sin asomo de humor.

—Porque arruinó mi vida.

Flora vaciló.

—¿Cuándo se casó con tu padre?

Los labios de Massimo se curvaron en una mueca de desprecio.

—Justo después de la muerte de mi madre. Yo tenía cinco años.

Flora se estremeció al ver lo tenso que estaba. Sin

duda estaba recordando el dolor y la soledad de entonces.

–¿Por eso te enviaron a un internado?

Los ojos de Massimo, entornados y hostiles como los
de un animal acorralado, se encontraron con los suyos.

–Le dijo a mi padre que no podía conmigo. Que yo
era un niño demasiado difícil.

Flora sintió un nudo en el estómago.

–Pero solo tenías cinco años –murmuró en voz
baja–. Y tu madre acababa de morir. No lo entiendo.
¿Por qué tu padre no se puso de tu parte?

Massimo sonrió con tristeza.

–Mi padre siempre tomaba el camino más fácil. No
creo que quisiera enfrentarse a ella. Odiaba las peleas y
las confrontaciones.

–Pero seguro que no quería que te fueras, ¿verdad?

Massimo apretó un músculo de la mandíbula y se
quedó mirando la oscuridad.

–No sé lo que quería. Cuando se casó con Alida
apenas le veía –los ojos le brillaron fríos–. Pasaba la
mayoría de las vacaciones en el internado. Cuando se
me permitía ir a casa ellos habían salido de viaje. So-
lían enviarme con el jefe de mantenimiento de mi padre
y su mujer.

A Flora le daba vueltas la cabeza. Pero necesitaba
mantenerse centrada. Su horror no era importante al
lado del dolor de Massimo.

–¿Qué pasó después?

–Mi padre murió cuando yo tenía dieciséis años. La
última vez que le vi fue cinco meses antes de su muerte.
Me hizo ir para poder decirme que había cambiado su
testamento –la ira había desaparecido de su tono de
voz. En ese instante no había nada... ni vida ni sentimientos.

Flora sintió que se le llenaban los ojos de lágrimas.

–Ya te imaginarás a favor de quién.

Massimo se apoyó contra la pared como si estuviera agotado y guardó silencio.

Flora se estremeció. Aquello era una crueldad. ¿Cómo podía alguien tratar así a un niño? Resultaba incomprensible. Alida era sin duda egoísta y despreciable, pero el padre de Massimo... ¿cómo podía alguien sobrevivir a una traición así? Se dio cuenta entonces de que sabía cómo: ofreciéndole amor y apoyo.

Pero no parecía haber mucho de eso en la vida de Massimo.

Tenía dinero y poder, la envidia y el respeto de sus rivales y la admiración de su equipo. Pero nada que se acercara a la ternura ni al cariño. Sus aventuras amorosas no parecían ofrecerle nada más que satisfacción sexual.

Era una planta que se había visto obligada a sobrevivir en el rincón más oscuro y seco del jardín. Aunque ojalá fuera una planta, pensó Flora impotente. Sería mucho más fácil. Ella sabría exactamente qué hacer.

Antes de que su cerebro empezara a procesar aquel pensamiento, su cuerpo respondió inclinándose hacia delante. Rodeó a Massimo con sus brazos. Él no se movió durante un instante y luego la apretó lentamente contra sí.

Y allí, acurrucada entre sus brazos, Flora lo supo.

Supo sin asomo de duda que lo amaba. Le dio un vuelco el corazón. No podía ser verdad.

El amor era peligroso. El amor dolía. Años después de la muerte de su madre, su padre seguía atormentado por la pérdida. Pero en ese momento se dio cuenta de que nada de eso importaba. Todos sus miedos y todos los planes cuidadosamente preparados para mantenerse soltera y a salvo habían sido en vano. No podía elegir, era su corazón quien mandaba. Y por muy desastrosas que fueran las consecuencias, su corazón había elegido a Massimo.

Dentro de ella surgieron palabras de alegría, pero contuvo el flujo. Ya habían hablado bastante aquella noche. Lo que Massimo necesitaba en aquel momento era ternura y cariño, y para eso no se necesitaban palabras.

Flora sintió el roce de sus labios en el pelo y, alzando la vista, le sonrió.

—Vamos a casa.

Capítulo 9

ERA de madrugada cuando regresaron al *palazzo*. Aunque estaba agotada, Flora no creía haber sido nunca tan feliz. Sí, se habían peleado, y sí, había sido difícil y triste, pero por primera vez el sexo no había sido su excusa para bloquear el dolor del pasado ni resolver la tensión entre ellos. Habían hablado y se habían enfrentado a los demonios de Massimo juntos.

Ya no eran dos personas que tenían sexo, sino dos iguales enfrentándose al mundo juntos.

Al subir las escaleras del dormitorio, Massimo la besó con una ternura y una calidez que a Flora le parecieron el complemento perfecto al brillo dorado del amanecer y a su nuevo espíritu de apertura.

Con los ojos clavados en los suyos, Massimo le acarició el rostro de un modo casi reverencial, deslizándole el pulgar por la suave piel de la mejilla. Y luego, abriéndole los labios con la lengua, la besó. Fue un beso que Flora recordaría toda su vida. Un beso que sabía a esperanza, a luz del sol y a todo lo verde y nuevo.

El sexo también fue distinto. La increíble y salvaje atracción que sentían el uno por el otro se profundizó para convertirse en algo más íntimo, algo nacido de la confianza y la apertura. Montados en una ola de sensación y deseo, hicieron el amor lentamente, dejando que los recuerdos del pasado resbalaran por los brazos del otro, dejando únicamente placer y anhelo a su paso. Fue como el más maravilloso de los sueños... el tiempo dejó de importar...

Flora no recordaba haberse quedado dormida.

Pero al despertarse a su lado, con su cuerpo pegado al suyo, supo que no había sido un sueño. Era real. Massimo incluso le había pedido que volvieran juntos a Roma un par de días para que pudiera enseñarle la ciudad.

Flora se arrebujó en el calor de la cama y sintió una oleada de felicidad. Massimo se movió a su lado dormido y cuando ella le miró sintió un nudo en la garganta. Parecía más joven, más indefenso. Si fuera una artista como Umberto habría intentado pintar sus emociones para ver qué aspecto tenían. Pero se quedó tumbada de lado viendo cómo la luz del sol y las sombras recorrían lentamente el rostro de Massimo.

Le amaba.

Sintiéndose inquieta, se levantó despacio de la cama para no despertarle, se puso unos vaqueros cortos y una camiseta y salió por la puerta de puntillas. Una vez en la cocina caminó nerviosamente alrededor de la mesa tratando de ordenar sus pensamientos. En el pasado tenía tanto miedo de resultar herida que le había resultado fácil poner una cerca a sus emociones para mantener las distancias. Pero estar con Massimo hacía que tuviera ganas de acercarse más. Él había calmado sus miedos, le había abierto la puerta a la vida y le había regalado la oportunidad de volver a soñar.

Un dulce cosquilleo de felicidad le recorrió la piel y de pronto quiso que Massimo lo supiera. Quería que supiera que le amaba y compartir su felicidad. Pero no podía hacerlo con el estómago vacío, pensó cuando le sonaron las tripas. Primero necesitaría una buena taza de café. O, mejor todavía, unos huevos con beicon.

Massimo bostezó y se puso de costado en la cama. Oyó en la cocina ruido de cacharros, se incorporó y miró el reloj. Frunció el ceño. Eran casi las dos de la tarde. Pero no era de extrañar que hubieran dormido tanto. Se metieron en la cama a las tres. Esbozó una sonrisa de masculina satisfacción. Y no se durmieron hasta las cinco.

Se le borró la sonrisa. No era solo el haber hecho el amor lo que le había agotado. La noche anterior también le había drenado emocionalmente. Le había contado a Flora todo su pasado, algo que no había hecho jamás con nadie. Ella había conseguido no solo quitar la cerradura que mantenía sus recuerdos enquistados, sino que además había tirado la puerta abajo.

¿Cómo lo había logrado? ¿Y si Flora estuviera siempre allí, a su lado?

Vibró el móvil que estaba en la mesilla y, pensando en la idea de que su relación con Flora pudiera ser algo más que una aventura sin ataduras, Massimo lo agarró sin pensar. Cuando miró la pantalla se quedó paralizado.

Tenía once mensajes. Todos de Alida.

Volvió a experimentar la misma sensación de siempre, de que no pisaba con firmeza el suelo... y frunció el ceño. Pero ¿por qué? La noche anterior, Flora le había ayudado a enfrentarse al pasado. Ahora él se enfrentaría al presente. Y esa vez sería distinto. Él sería distinto.

Se puso de pie, aspiró con fuerza el aire y marcó un número en el móvil.

–¡Por fin! Pensé que al menos me llamarías para saber cómo estoy.

Aunque sabía qué esperar, su voz le atravesó los nervios como un bisturí. Massimo sintió que su fuerza desaparecía y volvía a ser un niño pequeño e indefenso.

Agarró con fuerza el móvil y trató de armarse de valor.

–Creí que estábamos de acuerdo en que lo de anoche no fue nada serio.

–¿Comparado con cenar con el primer ministro? –Alida se rio con amargura–. Nunca tienes tiempo para mí. Y menos ahora que eres tan importante. Estás demasiado ocupado ganando dinero y acostándote con todas esas mujeres. ¿Qué diría tu padre si estuviera vivo?

–Ya sabes lo que diría. Exactamente lo que tú le dijeras.

Antes incluso de terminar la frase, Massimo se dio cuenta de que el tono le había salido más acusatorio de lo que pretendía.

–Oh, ya estamos otra vez –le espetó Alida con tono resentido y amargo–. Tú necesitabas límites. Yo me limité a apoyar a tu padre. Y era muy difícil quererte. Siempre estabas llorando o con una rabieta. ¡El pobrecito Massimo! Pero ya no eres ningún pobre, ¿verdad? Nadas en la abundancia. ¿Y qué recibo yo de ese dinero? Apenas me mandas lo suficiente para mantener al gato con vida...

–Te haré una transferencia esta misma mañana –dijo él–. Ahora tengo que irme.

Colgó el teléfono con mano algo temblorosa y se sentó en la cama.

Antes se sentía calmado, ligero incluso. Pero la conversación con Alida lo había cambiado todo. En ese momento el corazón le latía a toda prisa y tenía los nervios de punta.

¿Cómo había podido ser tan estúpido? Hablarle a Flora de su pasado había sido una debilidad, porque ese mismo pasado le había enseñado que si dejabas que alguien entrara en tu corazón le estabas dando el control sobre tu vida. Sintió náuseas. No había más que ver cómo había cambiado su padre tras casarse con Alida. Y cómo Alida sabía perfectamente todavía qué teclas presionar para hacerle sentirse indefenso y atrapado.

Apretó los dientes. Flora le había pillado con la guardia bajada, pero no volvería a pasar.

No podía permitirse sentir de otro modo. Ni tampoco podía cambiar el pasado. Lo que tenían Flora y él era algo puramente físico. Ahora lo sabía. Y necesitaba recordárselo a ella lo antes posible.

Agarró la ropa y empezó a vestirse.

Canturreando en voz baja, Flora agarró la pesada sartén y la colocó en la vitrocerámica. Luego se giró para buscar la cafetera... y se encontró con Massimo mirándola fijamente.

–¡Hola!

Le miró indecisa. A pesar de haber reconocido interiormente lo que sentía por él, no sabía qué esperar de Massimo. Tal vez un poco de incomodidad. Pero desde luego cercanía, teniendo en cuenta lo que habían compartido la noche anterior. Sin embargo, con las manos metidas en los bolsillos de los vaqueros y apoyado en el quicio de la puerta, lo que parecía era receloso.

La noche anterior había sido muy intensa para ambos. Tal vez necesitaba un poco de tiempo para relajarse.

–No encuentro la cafetera –dijo girándose hacia el mueble de la cocina–. ¿Tú la has visto?

–No –Massimo sacudió la cabeza y entró en la cocina–. Pero tal vez esté en mi estudio.

–Iré a buscarla –dijo ella apresuradamente.

Una vez en el pasillo, Flora dejó escapar el aire lentamente. Massimo se estaba comportando de un modo extraño. Frío. Abrió la puerta de su despacho y vio al instante la cafetera sobre el escritorio. Se acercó para agarrarla y entonces, al mirar los papeles que había encima de la mesa, sintió que el corazón le latía dolorosamente fuerte en el pecho.

Tenía que estar equivocada... pero sabía que no lo estaba.

Massimo se había movido. En ese momento estaba al lado del horno y miraba hacia la cocina con expresión oscura e indescifrable.

Flora cruzó la puerta tratando de contener su furia, colocó la cafetera en la encimera con exagerada delicadeza y luego dejó sobre la mesa los planos que había encontrado en el despacho.

–Esto estaba en tu escritorio –dijo alzando la vista para mirarle–. Son los planos para construir una urbanización. Aquí, en el *palazzo*. Pero eso ya lo sabías tú, ¿no? –Flora se llevó la mano a la garganta. Le costaba trabajo hablar–. Lo que no entiendo es por qué no me lo has dicho.

¿Cómo podía haber sido tan ingenua? Al principio creyó que Massimo quería la casa para él. Luego supo que tenía planes para convertir el *palazzo* en un hotel. Pero nunca se le ocurrió que se tratara de algo todavía mayor.

–Esta es mi casa. No está en tu mano tirarla abajo y construir un resort gigantesco en su lugar –afirmó Flora alzando la voz–. Aquí hay al menos cincuenta villas. Y un campo de golf.

Massimo entornó los ojos. Una parte de él sabía que su furia estaba justificada. Y que se merecía al menos una explicación. Pero sintió una punzada fría en el vientre. ¿Por qué tendría que haberle contado nada, o explicarse en ese momento? Aquella era su propiedad y Flora no era más que una inquilina.

Se encogió de hombros.

–No sé qué quieres que te diga.

Se apoyó en el horno y la miró con frialdad. Aquellas eran las conversaciones que le gustaban. Las que requerían distancia y lógica. Y ninguna piedad.

Flora dio un respingo y sus ojos echaron chispas.

–Por ejemplo: «Flora, tal vez te interese saber que voy a demoler tu casa para construir un complejo turístico».

–¿Por qué tendría que decirte nada sobre el resort? No es asunto tuyo –insistió él con tono gélido.

Flora le miró y sintió ganas de vomitar.

–En primer lugar, porque yo vivo aquí...

–Sin consultar siquiera con un abogado puedo decirte que tu contrato de alquiler no tiene ningún valor –la interrumpió Massimo–. No va a interponerse en el camino de cientos de empleos, ni del dinero que ese resort reportará a la comunidad.

–¿Eso es en lo único que piensas? ¿Empleos y dinero? –a Flora le temblaba la piel de rabia. No había sentido un dolor así desde la muerte de su madre.

Massimo se encogió de hombros.

–¿Qué más hay?

Ella estuvo a punto de soltar una carcajada. Pero el dolor y la rabia que sentía dentro se lo impidieron.

–¡Estoy yo!

Massimo no se movió, pero en sus ojos brilló algo oscuro y triste.

—¿Y quién eres tú para decirme cómo debo llevar mi negocio?

—No quiero tener nada que ver con tu maldito negocio. Pero pensé...

Flora vaciló y apretó los puños. ¿Tenía que decirlo de verdad? Sus miradas se encontraron y el estómago se le puso del revés. Al parecer, sí. Alzó la barbilla.

—Pensé que tenía algo de importancia en tu vida. Creí que las cosas eran ahora distintas entre nosotros. ¿Por qué no me dijiste nada cuando todo cambió?

—Porque no ha cambiado nada. Ni con mis planes de construcción ni contigo —aseguró Massimo con sequedad—. No hay un «nosotros».

Flora fue incapaz de decir nada durante un instante. La rabia se le agarró por dentro como un animal tratando de salir de un pozo.

—¿Cómo puedes decir eso? —le preguntó con voz temblorosa—. No solo nos hemos acostado juntos. Hemos comido juntos, hemos ido de viaje a Roma...

Massimo la miró con incredulidad.

—Cuando dije que solo íbamos a tener sexo no hablaba literalmente. No soy un cavernícola —la miró como si no estuviera delante, como si ya la hubiera borrado de su vida—. Pero eso no convierte lo nuestro en una relación.

El dolor y la furia se le subieron a la garganta, y por un segundo Flora pensó que iba a vomitar.

—Pero, ¿y lo de anoche?

—¿Qué pasa con lo de anoche?

A Massimo se le tensó la piel al ver cómo Flora abría los ojos de par en par por el dolor y el asombro.

Estaba en lo cierto: la había dejado acercarse demasiado. Por eso estaba tan enfadada con él en esos momentos. Y por eso necesitaba asegurarse de que no se repitiera. Hacerle saber que sus planes para el resort no eran asunto suyo le parecía una buena manera de demostrarle que solo estaba en su vida por una razón y nada más que por esa razón.

Flora le miró sin dar crédito. Sabía lo difícil que había sido para él contarle cómo le habían tratado su padre y su madrastra. Entonces, ¿por qué actuaba ahora como si nada de eso importara?

—¿Lo que ha pasado entre nosotros no significa nada para ti?

Los ojos de Massimo no reflejaban nada cuando se clavaron en los suyos.

—Solo fue una conversación...

—No fue solo una conversación —le interrumpió Flora con los ojos echando chispas—. Yo te hablé de mí y tú me contaste cosas de tu padre y tu madrastra. Compartimos algo.

—Sí, demasiado alcohol y pocas horas de sueño.

La frialdad de su voz la hizo palidecer.

—¿Por qué actúas así? —le preguntó con voz temblorosa—. Algo sucedió entre nosotros. Lo sé. Lo sentí, y sé que tú también lo sentiste.

El corazón le latía con fuerza, pero no iba a dejar las cosas así sin pelear. A Massimo le costaba trabajo confiar, sabía que por eso estaba negando lo que había pasado entre ellos. Lo único que tenía que hacer era encontrar la manera de conseguir que confiara en ella.

—Sé lo que estás haciendo —murmuró—. Sé que quieres apartarme de ti. Y sé por qué quieres hacerlo. Porque tienes miedo.

Flora dio un paso hacia él mientras trataba de encontrar las palabras que le hicieran ver que ella nunca le haría daño.

—Pero no tienes que tenerlo. Conmigo no. Puedes confiar en mí —aspiró con fuerza el aire—. Esa es la razón por la que iba a decirte que te amo.

Massimo se la quedó mirando con una expresión tan imperturbable que Flora pensó que no la había entendido.

Y luego le dijo con voz pausada:

—Entonces seguramente sea algo bueno que hayas encontrado esos planos ahora. Quédate con tu amor, *cara*. Dáselo a alguien que lo quiera.

Massimo observó su rostro, vio el destello de dolor y supo que no estaba siendo justo. Tal vez Flora confiara en él, pero, desde luego, él no confiaba en Flora. Ni en nadie. Y mucho menos podía amar.

No era culpa suya. Así eran las cosas. Y había sido sincero, no había prometido lo que nunca podría dar. Ni tampoco había mentido respecto a lo que quería. Y no quería el amor de Flora.

—Yo no quería que pasara esto—afirmó con tono seco.

Ella le miró con dureza.

—¿Y cuándo te vas a ir de la casa? —preguntó sin poder contener la amargura.

—No lo sé —reconoció Massimo mirándola a los ojos—. No lo he pensado todavía.

En parte era cierto. Desde que llegó al *palazzo*, su vida se había vuelto del revés. También era cierto que había evitado deliberadamente pensar siquiera en la urbanización... y mucho menos hablar del tema con Flora. Pero ¿acaso tenía algo que ver con ella? Si no le gustaba era su problema.

Flora sintió un escalofrío que le llegó hasta los huesos. Massimo estaba mintiendo. Llevaba semanas viéndole trabajar. Estaba pendiente de todo. No se le escapaba ni el menor detalle. Massimo sabía exactamente cuándo se lo iba a decir.

Y de pronto ella también lo supo. Lo iba a hacer cuando la llevara otra vez a Roma en un par de semanas.

Sintió que la sangre se le subía a la cabeza y se agarró temblorosa al respaldo de una silla.

–¡Me has utilizado! –estaba tan furiosa que se alegraba de que hubiera una mesa entre ellos.

Un hombre como Massimo podría tener sexo cada hora del día con una mujer diferente si quisiera. Y, sin embargo, Flora no se había cuestionado ni una sola vez la atracción que sentía por ella. Apretó los dientes. Eso era porque no tenía su misma bajeza moral. Ella no podría utilizar a alguien para conseguir sus propósitos.

–Pensé que querías esta casa –se explicó–. Y luego pensé que querías sexo. Pero el *palazzo* nunca fue la cuestión. Ni tampoco el sexo. Lo importante siempre fue construir esa urbanización –señaló hacia los planos con gesto de disgusto.

Flora alzó la vista y se lo quedó mirando. ¿Qué estaba haciendo? ¿Por qué estaba teniendo aquella conversación dolorosa e inútil? No había nada más que decir. Ni nada más que hacer allí.

Se dio cuenta asombrada de que ya no necesitaba seguir escondiéndose en Cerdeña. Massimo Sforza le había pisoteado el corazón, y si podía sobrevivir a aquello podría enfrentarse a su padre y su hermano. Había llegado el momento de volver a casa con su familia. A Inglaterra.

Le mantuvo la mirada un instante y luego se dio la vuelta y salió de la cocina.

Massimo se la quedó mirando. No movió un músculo

de la cara, pero por dentro sintió algo parecido al pánico. Nunca había tenido una conversación que se le escapara tanto de las manos. Cada palabra que había dicho había empeorado las cosas.

Pero no era culpa suya, pensó enfadado. La noche anterior le había desestabilizado por razones obvias y ella lo sabía. Entonces, ¿por qué no se había mantenido alejada en lugar de sacar temas que no eran de su incumbencia y diciéndole que le amaba?

¿Qué diablos esperaba que hiciera él con aquella información? ¿Acaso creía que se iba a hincar de rodillas y se iba a declarar? Pues no. No era el hombre adecuado para Flora. Y mejor para ambos que Massimo le hubiera dejado muy claro que su relación siempre sería únicamente sexual.

Apretó los dientes. ¿Por qué le había obligado a tener que recordárselo? El hecho de que le hubiera hablado de su pasado no significaba que le debiera nada.

Sintió una punzada en el estómago. Recordó el calor y la preocupación de su rostro mientras le escuchaba hablar de su padre y de Alida, y sintió cómo la ira se desvanecía. Flora le había ayudado a enfrentarse a su infancia, se había abierto paso a través de las capas de protección que Massimo había colocado entre él y el mundo y le había liberado de la carga de su pasado.

Aspiró con fuerza el aire. ¿De verdad no iba a ir tras ella?

Salió corriendo de la cocina con el corazón latiéndole a toda prisa y subió los escalones de dos en dos. No había nadie en el dormitorio de Flora. En el suyo tampoco. Volvió con la boca seca al cuarto de Flora. Al principio parecía igual que siempre. Su ropa seguía en el vestidor. Se giró rápido y sintió una oleada de dolor. La mochila de Flora ya no estaba colgada detrás de la puerta. Ni tampoco estaba la carpeta con su tesis encima de la cómoda. La sangre se le agolpó en los oídos. Sintiéndose mareado, entró en el baño para echarse un poco de agua fría en la cara... y entonces lo vio. El vestido. La seda azul colocada sobre la silla como si fuera la piel mudada de alguna criatura mitológica. Y encima, escrita en la parte superior de su contrato de alquiler, había una nota.

Felicidades. Tú ganas. Ya tienes lo que querías. El trato está cerrado.

Capítulo 10

MASSIMO se recostó contra el respaldo de la silla y se quedó mirando a los hombres y mujeres sentados alrededor de la mesa de la sala de juntas. Frunció el ceño. Todos estaban pálidos y temblorosos. Algunas mujeres parecían a punto de echarse a llorar.

Había perdido los estribos. Había sido brutal e injusto. Y la razón estaba allí, encima de la mesa.

Los planos de la urbanización de Cerdeña. Nueve semanas atrás eran un premio brillante que le esperaba tras una ardua y difícil carrera. Pero, en esos momentos, el mero hecho de verlos provocaba que le entraran ganas de darle una patada a la mesa.

Massimo se puso de pie abruptamente y se dirigió hacia el ventanal que ocupaba toda la pared. Siguió con la mirada las pequeñas nubes que cruzaban lentamente el centro de Roma. ¿Dónde irían? ¿Alzaría ella la vista en algún momento y las vería también?

Al pensar en Flora sintió una punzada de dolor en el estómago. Y de pronto quiso estar a solas con su frustración y su rabia.

–Hay muchas cosas que pensar –dijo con tensión sin molestarse en mirarles–. Vamos a tomarnos el fin de semana y nos reuniremos otra vez el lunes.

Suspiró pesadamente cuando escuchó los últimos pasos salir de la sala y alguien cerró la puerta de la sala de juntas. Su comportamiento resultaba irracional y su equipo no entendía nada. La urbanización de Cerdeña ya estaba lista para ser construida, y los contratistas esperaban la orden para empezar. Las obras tendrían que haber empezado el día anterior, o incluso una semana atrás.

Entonces, ¿por qué el retraso?

Massimo apretó los dientes al recordar su furia cuando alguien le había hecho aquella misma pregunta. Él conocía la respuesta, por supuesto. Por eso había perdido los nervios. Pero no podía decirles la verdad. Que sentía que cuando el *palazzo* fuera demolido lo que había sucedido entre Flora y él terminaría de un modo final e irreversible.

En aquel momento llamaron suavemente con los nudillos a la puerta de la sala de juntas.

–¿Quién es? –preguntó irritado.

La puerta se abrió despacio y una mano se deslizó agitando un pañuelo rojo.

Massimo frunció el ceño.

–¿Es un espectáculo de mimo o un striptease? Porque en ese caso te aviso que no me provoca nada.

Giorgio asomó la cabeza por la puerta.

–El pañuelo debería ser blanco.

Massimo sonrió a su pesar.

–¿Y por qué te rindes?

El abogado entró en la sala y le miró nervioso.

–Tengo familia y necesito seguir con vida –le dirigió a su jefe una mirada furtiva–. Al parecer, ha habido un baño de sangre en la reunión.

Massimo suspiró. Se hizo un tenso silencio y luego Massimo apartó con brusquedad la silla que tenía más cerca y se dejó caer pesadamente en ella.

–Me he pasado un poco –reconoció finalmente–. Pero necesitaba más tiempo.

Giorgio se aclaró la garganta y se sentó en una silla a su lado.

—Parece agotado —dijo en voz baja—. ¿Por qué no se va a casa a descansar?

Massimo le miró y esbozó una sonrisa tirante.

—Es una buena idea.

En teoría. Porque la verdad era que no tenía casa. Poseía propiedades, había añadido otras tres a su cartera la semana anterior. Pero ninguna de ellas era su hogar, y la idea de pasar un largo fin de semana solo en la suite de su hotel le producía espasmos de tristeza.

—Pero tendría que ponerme al día con todo —dijo.

Giorgio asintió, sacó el móvil y empezó a pasar rápidamente el dedo por la pantalla.

—En ese caso, esta noche hay una cena con el ministro de Economía. Muchos inversores extranjeros estarán allí, incluido el consorcio chino con el que trabajamos el año pasado —el abogado vaciló y luego compuso una expresión intencionadamente inexpresiva—. Y tenemos una reunión dentro de una hora para hablar de la publicidad de la urbanización de Cerdeña.

Se hizo un tenso silencio en la sala. Massimo frunció el ceño y se lo cubrió con dos dedos. Estaba empezando a dolerle otra vez la cabeza.

—Creí que habíamos quedado en dejar ese tema aparcado por ahora —murmuró.

Giorgio se encogió de hombros.

—Así es. Pero no tiene nada de malo hablar.

Massimo se estremeció.

—Creo que me voy a tomar la tarde libre, después de todo. No me siento muy bien. ¿Existe la gripe sarda? —le preguntó al abogado—. No puedo dormir, he perdido el apetito y no logro concentrarme.

—Tal vez no se trata de haber pillado algo en Cerdeña, sino de lo que dejó atrás –se atrevió a insinuar Giorgio.

–No he dejado nada atrás –respondió Massimo confundido–. El *palazzo* estaba vacío...

Massimo sintió que se le aceleraba el corazón.

–Pero ella está todavía por allí, ¿verdad? Me refiero a la señorita Golding –intervino Giorgio con amabilidad–. No creo que haya dejado la isla. Es su hogar.

Y Massimo supo de pronto lo que le pasaba. Entendió por qué no podía dormir ni comer y por qué no lograba concentrarse.

Y también supo por qué no quería demoler el *palazzo*.

Estaba enamorado de Flora.

Y el *palazzo* no era cualquier edificio. Había sido el hogar de ambos, un lugar en el que él se sintió feliz, relajado y a salvo. Tanto como para enfrentarse a su pasado. Aunque no podría haberlo hecho sin Flora.

Se miró las manos y para su sorpresa se dio cuenta de que le temblaban. Alzó la cabeza y vio que Giorgio le miraba con afecto.

–¿Cómo sabías que estaba enamorado?

El abogado sonrió.

–Los vi a los dos juntos –se aclaró la garganta–. En el jardín, ¿recuerda?

–Ah, sí –Massimo suspiró–. Había olvidado que estabas allí.

Giorgio se rio.

–Allí fue cuando lo supe. Solo tenían ojos el uno para el otro.

–No lo entiendo –murmuró Massimo–. No puedo estar enamorado. Yo no sé cómo amar.

Giorgio le dio una palmadita en el hombro y sonrió con nostalgia.

–Eso es lo que todo el mundo dice. Yo lo dije cuando me enamoré de Anna. De hecho, rompí con ella porque me asusté –se rio–. Entonces la vi una noche toda arreglada para salir y me di contra una puerta. Necesité que me pasara eso para darme cuenta –sonrió.

Massimo bajó la cabeza y gruñó.

–No sé dónde está Flora –murmuró–. Nos peleamos y se marchó.

–Podemos encontrarla –aseguró el abogado con firmeza–. No es una mujer que pase desapercibida precisamente, ¿verdad?

Massimo apretó los dientes y sintió una repentina oleada de decisión. Había sido un idiota. Nunca había estado tan ciego en los negocios como con esa situación. Todas las claves de que amaba a Flora habían estado allí. Siempre deseaba pasar tiempo con ella. No solo en el sexo, sino hablando y bromeando. Cuando la escuchó hablar de la muerte de su madre le importó que lo pasara mal. Más que eso: quiso acabar con su dolor.

Pero nunca se le ocurrió pensar que se estaba enamorando de ella. No se dio cuenta de que lo que sentía era amor.

Lo único que supo fue que por primera vez desde su infancia se había sentido vulnerable. Querer, necesitar, amar, todo eran recordatorios de un pasado que le había dejado profundas y dolorosas cicatrices. Así que, cuando empezó a sentir algo por Flora, se asustó. Le asustó que otra mujer pudiera volver a tener poder sobre él, el poder de hacerle daño. Y el miedo le cegó tanto que no vio la amabilidad ni el valor de Flora. Ni tampoco su amor.

Massimo dejó escapar el aire lentamente. Se levantó de la silla y estiró los hombros. Agarró la mano de Giorgio y se la estrechó con firmeza.

–Eres un buen hombre, Giorgio. Y también un buen amigo. Voy a seguir tu consejo, así que no cuentes conmigo para la cena de esta noche –dijo sonriendo–. Me voy a Cerdeña a buscarla. Y cuando la encuentre voy a demostrarle que la amo. Tarde el tiempo que tarde.

Flora se dejó caer en los cojines del desteñido sofá y miró con tristeza por la ventana hacia el jardín empapado. Al lado de Cerdeña, Inglaterra le parecía tremendamente fría, gris y húmeda. Y como si el tiempo no fuera lo bastante malo, dentro de casa también había tormenta.

Frunció el ceño. La culpa era suya. Aparecer en casa de su padre llorando a mares y luego fingir que no pasaba nada era buscarse un problema.

Suspiró, se levantó del sofá, agarró un par de botas y un abrigo y salió por la puerta. El problema era que su padre nunca había reconocido que era una adulta. No la veía capaz de tomar sus propias decisiones.

Y en ese momento ella había hecho lo peor que podía hacer. Le había demostrado que tenía razón.

Su padre se había mostrado horrorizado al verla tan triste, y enseguida empezó a ocuparse de su vida. Veinte minutos más tarde había hablado con un amigo suyo que tenía un negocio de horticultura y había concertado una entrevista con Flora. Después empezó a presionarla para que escogiera un nuevo papel pintado y cortinas para su dormitorio.

Todavía impresionada por el dolor y el impacto del rechazo de Massimo, no tuvo fuerzas para discutir. Le resultó más fácil acceder a sus deseos. Pero entonces Freddie volvió a casa el día anterior y Flora recordó exactamente por qué se había ido a Cerdeña.

Ya era bastante duro intentar mantenerse firme frente a su padre, pero con los dos juntos le resultaba imposible. Al menos había conseguido evitar que su hermano volara a Cerdeña cuando le contó una versión suavizada de la verdad.

Había dejado de llover, y el sol intentaba abrirse paso a través de las nubes. Tras dar un corto paseo, Flora consultó el reloj y vio que era casi la hora de comer. Dirigió los pasos hacia su casa de mala gana. Tras volver de Cerdeña, necesitó unos cuantos días para darse cuenta de cuándo necesitaba comer. Al principio había confundido el dolor permanente del pecho con hambre, hasta que finalmente descubrió que no tenía nada que ver con la comida, sino con Massimo.

Sintió que se le llenaban los ojos de lágrimas. Le echaba mucho de menos. Y el dolor parecía crecer cada día en lugar de disminuir. Alzó la vista y vio que estaba en la parte de atrás de casa de su padre. Suspiró y abrió la puerta.

–¿Dónde estabas? –le preguntó Freddie con expresión preocupada.

–He ido a dar un paseo.

Su hermano entornó los ojos.

–¿Y no se te ocurrió avisar a papá? –pulsó unas teclas del móvil sacudiendo la cabeza–. Tengo que decirle que has vuelto. Ha salido a buscarte en el coche –se detuvo–. Sí... no... está aquí. Sí, está bien. Te veo ahora.

Sintiéndose como una niña a la que hubieran pillado con las manos en la tarta, Flora colgó el abrigo con manos temblorosas.

–Solo he salido un ratito, Freddie.

Su hermano sacudió la cabeza.

–A veces eres muy egoísta. ¿Tienes idea de lo preocupado que estaba papá por ti? Y no me refiero a ahora mismo, sino a cuando estabas fuera. Papá esperaba día y noche una llamada de teléfono diciéndole que estabas herida o algo peor. Como si no hubiera sido suficiente que salieras huyendo de aquel modo...

Flora tragó saliva. No era justo que Freddie intentara que se sintiera culpable por lo que había hecho. Había salido huyendo porque si les hubiera contado lo que quería hacer se lo habrían impedido.

–Y luego, cuando te pasa algo, ni siquiera nos lo dices –continuó su hermano irritado.

–No tenía sentido –se apresuró a decir ella–. Iba a volver a casa y en realidad no pasó nada.

–¡Ese hombre te hizo daño! ¿Cómo puedes decir que eso no es nada?

Flora sintió que se le empezaba a agotar la paciencia.

–Sí, me hizo daño, pero el dolor forma parte de la vida, Freddie.

La puerta se abrió tras ella, y al ver la cara de preocupación y de angustia de su padre sintió que la rabia daba paso a la culpabilidad.

–¡Flora, cariño! Estaba preocupadísimo por ti...

Su padre la estrechó entre sus brazos y ella sintió una mezcla de amor e irritación al sentir el acelerado latido de su corazón. Se apartó de él.

–Estoy bien, papá. Solo necesitaba salir un rato de casa. Me llevé el abrigo y todo –sonrió con debilidad.

–Todo menos el teléfono –le espetó Freddie.

–Mirad, ya sé que los dos os preocupáis por mí, pero no soy una niña. He ido a la universidad, he trabajado, he vivido en un país extranjero. Sola.

Freddie arrugó la nariz.

–¡Y mira lo que ha pasado!

Algo se rompió dentro de ella. Se giró hacia su hermano y apretó los dientes.

–No ha pasado nada terrible. No sé qué crees que sucedió allí, pero me marché porque quise. Y voy a volver también porque quiero.

Se hizo un breve silencio y luego su padre murmuró:

–No puede ser, Flora. No puedes estar pensando en serio en volver allí.

–Claro que no –Freddie se quedó mirando a su hermana con frustración–. Tienes que quedarte aquí por tu propio bien, Flossie. Papá y yo solo queremos tu bien. No se trata de impedir que hagas lo que quieres hacer. Si se te ocurre una buena razón para volver al *palazzo,* no nos interpondremos en tu camino. Pero no se te ocurre ninguna, ¿verdad?

«Una buena razón».

Flora se lo quedó mirando en silencio. Se le ocurría una muy buena razón para volver a Cerdeña. De hecho, era la mejor razón del mundo: el amor.

Alzó la barbilla y dijo con voz pausada.

–Sí. Se me ocurre. Y por eso voy a volver, Freddie –se giró hacia su padre–. Sé que echas de menos a mamá. Yo también. Y lo que le ocurrió fue terrible, pero sucedió aquí porque las cosas malas pasan en todas partes.

Extendió la mano y tomó la de su padre, y luego, tras un instante de vacilación, la de Freddie también.

–Sé que me queréis y yo os quiero a los dos, pero no podéis mantenerme a salvo –se mordió el labio inferior–. Os prometo que cuidaré de mí misma, pero necesito hacer esto. ¿Me vais a dejar por favor volver?

Su padre asintió lentamente y Freddie hizo lo mismo después.

–Pero tienes que prometer que nos llamarás si nos necesitas.

Ella sonrió sin fuerzas.

–Siempre os voy a necesitar. Pero ahora mismo hay alguien que me necesita más.

El sol estaba alcanzando su cima en el cielo por encima del *palazzo*. Massimo miraba malhumorado por la terraza. Hacía demasiado calor, y consideró la posibilidad de sacar el yate. Pero no era capaz de salir de casa, ni siquiera para pasar la tarde fuera.

Quería estar allí en caso de que Flora decidiera volver. Agarró su copa de vino y la apuró despacio.

Aunque no había ninguna razón para pensar que iba a volver. De hecho, no había ninguna razón para pensar que volvería a verla otra vez.

Habían pasado casi ocho días desde que le dijo a Giorgio que iba a ir a buscar a Flora. Ocho días de falsas esperanzas. Al principio todo parecía prometedor. Supo que fue a Cagliari y luego a Inglaterra, pero desde entonces no había ni rastro de ella. Sencillamente, había desaparecido.

Y tras el modo en que la había tratado, las posibilidades de que Flora volviera a cruzar las puertas de aquella cocina eran mínimas. Más que nulas, de hecho.

Massimo se sirvió otra copa de vino. Aquel era sin duda el último lugar de la tierra al que Flora querría volver. Qué diablos, ni siquiera él debería estar allí. Pero no quería marcharse. Allí podía dejar volar su imaginación. Casi podía verla desaparecer bajo un arco al final del jardín, escuchar su risa en la cocina.

Massimo se sentó más recto y sacudió la cabeza. Si empezaba a perseguir sombras y a ver fantasmas, tal vez había llegado el momento de moverse. Se levantó con gesto inestable, agarró la botella de la mesa y empezó a caminar despacio por el sendero. Sentía la hierba seca bajo los pies desnudos, y también notaba cómo el vino se le abría paso a través de la sangre.

Empezó a canturrear en voz baja. No ubicaba muy bien la melodía, pero sabía que la había escuchado en algún lado.

Y entonces lo oyó.

Alguien estaba cantando la canción que él tarareaba.

El corazón empezó a latirle con fuerza. Era una voz de mujer. Dulce y familiar.

Miró hacia el sol entrecerrando los ojos y dejó que el alcohol y el calor se mezclaran con sus recuerdos. No era ella. Eso lo sabía, por supuesto. Solo era su imaginación. Pero no le importaba. Fue siguiendo despacio como hipnotizado la voz por el sendero. Pero cuando atravesó el arco que llevaba al estanque la canción se detuvo. Massimo vaciló y miró a través del follaje con el corazón latiéndole con fuerza contra el pecho.

Pero, por supuesto, Flora no estaba allí.

Se quedó durante un instante allí de pie balanceándose ligeramente, y luego se dirigió con cuidado al enorme estanque rectangular. La superficie estaba plagada de pequeños jacintos de agua que se alzaban hacia el sol, y Massimo se los quedó mirando fascinado.

Y de pronto giró la cabeza y se agarró del brazo de una preciosa estatua de mármol para mantener el equilibrio al ver a una mujer desnuda saliendo despacio de la superficie del agua.

Le estaba dando la espalda, pero habría reconocido la curva de aquella espina dorsal en cualquier parte. Era Flora.

La cabeza empezó a darle vueltas y se quedó sin aliento. No podía ser ella. Seguro que se lo estaba imaginando o se trataba de algún espejismo. Pero le daba igual que no fuera real. Era feliz teniéndola allí delante y mirándola. Frunció el ceño. Tal vez podría acercarse un poco más.

Soltó el brazo de la estatua, dejó la botella en el suelo y se acercó justo cuando ella se dio la vuelta. La mujer se detuvo con un pie ligeramente levantado como si fuera un ciervo al borde de una pradera y luego frunció el ceño y se cruzó de brazos.

—Sé que tú eres el casero, pero los inquilinos también tenemos derechos. Incluida la intimidad durante el baño. Está en mi contrato.

Massimo la miró maravillado.

—¿Flora?

Ella le miró con impaciencia.

—¿Eso es lo único que se te ocurre? ¿Fingir que no sabes quién soy?

—Yo... no, por supuesto que sé quién eres. Creía que... —vaciló—. No importa.

Observó hipnotizado cómo avanzaba por las piedras en dirección a él. Sus ojos seguían las gotas de agua que le caían por los senos desnudos y el vientre.

—¿Qué estás haciendo aquí? —murmuró.

—Vivo aquí, ¿recuerdas? —respondió ella—. Esta es mi casa. Pero ¿qué me dices de ti? —miró hacia el jardín—. Creí que te habrías marchado y que esto estaría todo demolido.

Se quedaron mirándose el uno al otro en silencio. Finalmente, Massimo se encogió de hombros.

—Las cosas han cambiado.

—¿Qué cosas? —le espetó ella.

Massimo esbozó entonces aquella dulce sonrisa que siempre la hacía sentirse excitada e inquieta, y Flora se sintió de pronto más desnuda que cuando salió del estanque.

Se giró bruscamente y agarró una camisa azul claro. Se la puso por la cabeza y agradeció la oportunidad de liberarse de su oscura y profunda mirada. Estar tan cerca de Massimo provocaba estragos a su temperatura corporal, pero no iba a rendirse a aquel calor.

Massimo volvió a encogerse de hombros sin apartar la mirada de su rostro.

—Es complicado, pero lo que está claro es que el resort no se va a construir, *cara*.

Flora le miró con recelo.

—¿Eso lo tienes por escrito?

Massimo se rio con ganas.

—Hablas igual que tu hermano. Por suerte, no te pareces a él.

Ella torció el gesto.

—¿Cómo sabes qué aspecto tiene mi hermano?

El aire entre ellos se hizo más denso. A Flora le dio un vuelco el corazón cuando Massimo se acercó un poco más a ella.

—Le he conocido. Y a tu padre también.

De repente le costó trabajo respirar.

—¿Cuándo? —preguntó atónita—. ¿Dónde?

—Hace un par de días. En Inglaterra. Tenéis los ojos del mismo color —extendió la mano y le acarició suavemente la mejilla.

A Flora empezó a latirle el corazón con tanta fuerza que pensó que le iba a estallar.

—¿Y qué hacías allí?

Massimo la miró con ojos tiernos.

—¿Tú qué crees?

Ella sacudió la cabeza.

—No. Tienes que decirlo tú, Massimo. Pero solo si lo sientes de verdad.

Massimo dio un paso más cerca. Tanto que Flora

podía sentir en ese momento el calor de su piel bajo la camisa.

–Fui a buscarte para poder decirte que te amo. Y que te necesito. Ahora. Y mañana. Y para siempre.

A Flora se le llenaron los ojos de lágrimas. Massimo se acercó más, pero ella le puso una mano en el pecho.

–¿Por qué debería confiar en ti? Me hiciste daño.

–Lo sé, y lo siento. Más de lo que nunca sabrás.

Le dio un vuelco el corazón. Massimo se estaba disculpando. En cierto modo supo que era un paso tan grande como su declaración de amor.

Pero necesitaba todavía más.

–Te dije que te amaba y tú me dijiste que me guardara mi amor para alguien que lo quisiera.

–Yo lo quiero. Te amo, *cara* –Massimo tenía el rostro pálido pero la mirada firme–. Más de lo que nunca pensé que podría amar a nadie. Eres tú quien me ha hecho completo y fuerte. Lo suficiente para dejar atrás el pasado y luchar por mi futuro. Por lo que quiero.

–¿Y qué pasa con este sitio? ¿Lo quieres?

Massimo asintió.

–Lo quería. Pero ya no. De hecho, desde ayer ya no me pertenece –al ver la confusión en sus ojos, Massimo sacudió la cabeza–. No te preocupes. La nueva dueña quiere dejar todo tal y como está. Ella misma me dijo que no quiere convertir esto en un «espantoso hotel para turistas bulliciosos».

–¿Qué has hecho? –preguntó Flora boquiabierta.

–He puesto este lugar a tu nombre. Y luego vine aquí a esperarte. Y a hacer lo que tenía que haber hecho cuando me dijiste que me amabas.

Massimo sacó del bolsillo una cajita cuadrada y la abrió. Dentro había un precioso anillo con un diamante rodeado de zafiros.

–Quiero que seas mi esposa, Flora. Y quiero que esta sea nuestra casa. Al menos parte del tiempo.

Flora le escudriñó el rostro y sintió que se le encogía el corazón. Ya no había rabia, amargura ni dudas. Parecía feliz y completamente seguro de sí mismo.

–¿Quieres casarte conmigo? –le preguntó con dulzura tomando su mano en la suya.

Flora se quedó mirando el anillo. El matrimonio había representado para ella durante mucho tiempo lo que más temía.

Pero ahora, al mirar su rostro relajado, ya no tenía miedo de confiar ni de creer en el amor.

Asintió sonriendo y Massimo le deslizó el anillo en el dedo. Y luego dejó caer la boca sobre la suya con una pasión tan ardiente y salvaje como el sol sardo.

Cuando por fin se apartaron el uno del otro, Massimo la soltó un poco y la miró con el ceño fruncido.

–¿Esa camisa es mía?

Flora se encogió de hombros.

–La he sacado de tu vestidor.

A Massimo le brillaron los ojos.

–Creo que la expresión es «la he robado», *cara*.

Flora se estremeció cuando él le deslizó lentamente una mano bajo la camisa.

–Yo la encontré, así que ahora es mía. Ya sabes que la ley favorece en gran medida al poseedor.

La intensidad de la mirada de Massimo fue subiendo acorde con sus caricias.

–No podría estar más de acuerdo –murmuró él–. Verás: yo te encontré en mi jardín. Que ahora es tu jardín. Eso significa que soy tuyo. Y que tú eres mía. Toda mía.

Y, bajando la boca, la besó lenta y apasionadamente.

Bianca

Jamás había esperado que su escapada de dos
días terminara en chantaje, matrimonio forzado
y la necesidad de proporcionar un sucesor

Gabriele Mantegna poseía
documentos que amenaza-
ban la reputación de su familia, por lo que Elena Ricci
decidió que sería capaz de
hacer cualquier cosa para
evitar su divulgación, incluso
casarse con el hombre que
terminaría traicionándola.
Sin embargo, cuando Elena
comprobó cómo las caricias
de Gabriele prendían fuego
a su cuerpo, se preguntó qué
ocurriría cuando la química
que ardía entre ellos, y que
los consumía tan apasionadamente como el odio que
ambos compartían, diera
paso a un legado que los
acompañaría toda la vida...

CASADA, SEDUCIDA,
TRAICIONADA...

MICHELLE SMART

Acepte 2 de nuestras mejores novelas de amor GRATIS

¡Y reciba un regalo sorpresa!

Oferta especial de tiempo limitado

Rellene el cupón y envíelo a
Harlequin Reader Service®
3010 Walden Ave.
P.O. Box 1867
Buffalo, N.Y. 14240-1867

¡Sí! Por favor, envíenme 2 novelas de amor de Harlequin (1 Bianca® y 1 Deseo®) gratis, más el regalo sorpresa. Luego remítanme 4 novelas nuevas todos los meses, las cuales recibiré mucho antes de que aparezcan en librerías, y factúrenme al bajo precio de $3,24 cada una, más $0,25 por envío e impuesto de ventas, si corresponde*. Este es el precio total, y es un ahorro de casi el 20% sobre el precio de portada. !Una oferta excelente! Entiendo que el hecho de aceptar estos libros y el regalo no me obliga en forma alguna a la compra de libros adicionales. Y también que puedo devolver cualquier envío y cancelar en cualquier momento. Aún si decido no comprar ningún otro libro de Harlequin, los 2 libros gratis y el regalo sorpresa son míos para siempre.

416 LBN DU7N

Nombre y apellido	(Por favor, letra de molde)

Dirección	Apartamento No.

Ciudad	Estado	Zona postal

Esta oferta se limita a un pedido por hogar y no está disponible para los subscriptores actuales de Deseo® y Bianca®.
*Los términos y precios quedan sujetos a cambios sin aviso previo.
Impuestos de ventas aplican en N.Y.

SPN-03

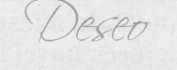

Deseo

La novia secuestrada
Barbara Dunlop

Para hacer un favor a su padre encarcelado, el detective Jackson Rush accedió a secuestrar a Crista Corday el día de su boda con el hijo de una familia de la alta sociedad de Chicago. Su trabajo consistía en evitar que se casara con un timador, no en seducirla, pero los días que pasaron juntos huyendo de la familia del novio no salieron según lo planeado.

Crista no sabía el peligro que le acechaba. Jackson no podía explicárselo sin revelar quién le había enviado. Y era un riesgo que podía costarle todo, salvo si Crista se ponía bajo su apasionada protección para siempre.

Dos días juntos cambiaron todas las reglas

Bianca

El arrogante príncipe tendría que usar todos los trucos a su disposición para seducirla, someterla y convertirla en su princesa

«Estoy embarazada». Esas dos sencillas palabras amenazaban la secreta vida hedonista del príncipe Raphael de Santis, ponían en peligro a toda una nación y lo ataban de por vida a una camarera. Con objeto de evitar otro escándalo internacional después de su compromiso frustrado con una joven europea de alta alcurnia, Raphael no tendría más remedio que contraer matrimonio con su joven amante estadounidense.
Pero la dolida Bailey Harper no estaba dispuesta a aceptar tal honor.

LA AMANTE SEDUCIDA POR EL PRÍNCIPE

MAISEY YATES